只好一個人

Only Myself

華文小說新一代ＯＬ心聲代言人

雪倫

我一直覺得單身的自己過得很好，
但是內心空蕩蕩的，只有自己知道。

—作·者·序—

我要的快樂和幸福

多數的人很容易混淆「孤單」和「一個人」的意思，總覺得孤單等於一個人，一個人就是孤單。所以大多數的人都不想要一個人，因爲不想孤單，所以用盡力氣滿心期待著未來將有另一個人來陪伴自己。

只是，時間一長，卻始終不見那「另一個人」的半點蜘絲馬跡時，我們忍不住懷疑，那個人眞的會出現嗎？然後打起精神，苦笑著說服自己：其實沒有那一個人也沒有關係，自己一個人不也挺好的，自由自在想去哪裡就去哪裡，想幹麼就幹麼，想做什麼就做什麼。

我們都這樣告訴自己，也這樣告訴別人，很像是催眠，也像是口號，喊久了就是一種精神支柱。只是，喊在嘴裡，卻進不了心裡，心裡的某一處依然空空蕩蕩，有一種無法想像的荒涼。

我們從來沒有想過，我們到底是「喜歡自己一個人」還是「只好一個人」？

前幾日，在幫奶奶剪指甲的時候，我突然覺得很羨慕她，因爲她還有孫子會幫她剪指甲，那麼我呢？如果沒有結婚沒有生小孩，沒有走進一般傳統的人生流程，活到八十歲時，誰來幫我剪指甲？

和好友們聚餐時，我提了這件事，有人不以爲意地說：「有什麼關係！反正老了住療養院，會有工作人員幫我們剪的啊！」接下來有人附和，「對啊！而且我上次去日本買了一個指甲剪，上面還附了放大鏡！」更有人說：「那是妳孝順，如果生了個不孝順的，妳還指望他幫妳剪指甲嗎？」

很快就能發現，有哪些人是屬於「喜歡自己一個人」，有哪些人是屬於「只好一個人」，有哪些人跟我一樣，屬於很快就被說服的那種人。

其實，是哪一種人都沒有關係，只是我們都要正視自己心裡最眞實的感受，未來不是一種口號，而應該照著內心生活。如果眞的「喜歡自己一個人」，那麼就努力讓自己活得理所當然、精彩萬分，如果是「只好一個人」，那麼我們更應該努力追求並找尋，不是只消極地等待幸福從天而降。

其實，一個人生活也好，兩個人生活也好，不管哪一種生活，都有它必須面對的困難，還有必須突破的難關。

而我們要做的，只是誠實面對自己，不是依靠口號，而是用自己認爲最快樂的方式過日子。

雪倫

有時候，很想拋棄自己，
就像那些說過愛我的人拋棄我一樣……

第一章

單身的我，在三十一歲生日那天，希望自己趕快變老。

過了三十歲後，我無時無刻都希望我的人生可以加快腳步，年華趕快老去，接著結束一生。我不知道這個念頭是什麼時候竄進腦海裡的，可能是擠捷運時、可能是追公車時，也可能是騎著摩托車的時候。想著過去經歷的那些日子，該談的戀愛、該傷的心、該做的事都做了。至於未來，我沒有目標、沒有夢想，只想和自己一起老去，一起走到盡頭。

我弟就常用一臉不可思議的表情對我說：「這麼無趣的日子妳是怎麼過下去的？可以告訴我一下嗎？」

當然，像他這種把下流，呃……把風流當作人生樂趣的人，怎麼可能知道我是怎麼過日子的？他不會像我有大把的時間不知道該怎麼揮霍，只好報名一個又一個課程，星期一到五的晚上，就是英文、韓文、日文、書法、烏克麗麗，再考過一張又一張的證照。不知道的人，會以爲我是個好學認眞求知欲強的好青年，但其實我只是不想讓自己待在家裡，孤單地躺在床上和棉被擁抱。

假日，我會去上瑜珈課和彼拉提斯課，空下來的時間，就先開著電視看過一部又一部的韓劇，再順便打開電腦追過一套又一套的美劇，同時，把老弟送給我當三十一歲生日禮物的 iPad 和手機放在腿上，輪流玩炸糖果遊戲。

日子就是這麼樣和自己一起過下去，一天又一天，哪來的過不下去？

「雨航，聽說妳考過 TOEIC 了？怎麼那麼厲害啊？我也想去考耶，妳可以跟我說要怎麼準備嗎？給我一點意見啊！」總經理特助王玲走到我旁邊，一手搭上我的肩。我正準備向廠商詢價，看見她皮笑肉不笑的表情，我猜她最近應該又去打肉毒桿菌了。

我很客氣地微笑著回答，「我沒辦法給什麼意見，只是運氣好。」王玲是董事長妹妹的朋友的姊姊，有這層關係，我可是怠慢不得。

在這間公司生存，最重要的就是盡可能低調，並且無所不用其極地讓自己在公司裡當個隱形人。因爲，一件小事在經過 skype、經過公司電話分機、經過每個同事的口中之後，就會變成另一件事。

例如，我三年前因爲被劈腿而失戀，消息傳到後來變成我被搞大肚子，還被騙光了所有積蓄，最後甚至變成我介入別人家庭，被大老婆告通姦。連員工餐廳的阿姨都燉了麻油雞幫我補身子，還拉著我的手，眼眶含淚地叫我不要想太多。

我沒有解釋也不想解釋，因爲我不在乎。對我來說，他們只是和我在同一間公司一起工作賺錢的人，也許傳言不堪入耳，但只要我不在意，就對我沒有影響，而且我還賺到了一頓麻油雞。

王玲會知道這件事，我想，她的消息來源除了坐在我左邊的上司許桂梅外，沒有別人了。許桂梅是公司八卦交流站的源頭，而我們公司裡的八卦則永遠沒有盡頭。

成績通知的收件地址不應該留公司地址的，我後悔，但也莫及了。

我轉過頭看著她，她也剛好一臉欣慰地看著我。許桂梅大我十歲，現在四十一歲，沒有結婚，感情生活也是零。她常常對我說：「聰明的女人就不要談戀愛，傷心傷神傷腦筋，那是愚蠢的人在做的事。」

每次只要我談戀愛被她發現，她就會不停地對我耳提面命，數落著男人有多壞多不要臉，然後不停增加我的工作量。我要是分手了，她會以一副先知的姿態來訓誡我，「就跟妳說不要談戀愛了吧！」每次都讓我很想拿起桌上的電話狠狠摔到她面前，對她大吼「干、妳、屁、事」！

但我沒有勇氣。

就像我工作滿一年時就想離開這間公司一樣，從年初說一定要離職，後來又決定領完年中獎金再說。沒多久，又有一個中秋獎金，不領白不領。最後還有年終獎金，一個月拖過一個月，然後又過了一年。

拿出一年前寫好的辭職信，想著自己現在的年紀，擔心離職後在外面找不到工作，又默默放回抽屜，繼續工作。那一整疊沒送出去的辭職信，都是我沒有勇氣的證明。

王玲很想做出惋惜的表情，卻一臉僵硬，「怎麼可能只是運氣好，妳一定很認眞準備。唉！單身眞好，有好多時間可以運用。我男友太黏我了，沒有我陪他，他就不吃晚餐，我都沒有自己的時間了。」

敢情妳男友是六個月大的嬰兒，需要妳幫他泡牛奶試溫度再用奶瓶餵他，等他喝完奶再幫他拍拍背打個嗝嗎？我很想這麼回答她，但是我依然沒有勇氣。

只能臉上帶著笑容，希望她趕快離開我的視線。

還好這時櫃台總機小菁走進辦公室大吼，「雨航姊，有妳的包裹，是貨到付款，要兩千六百八十元，宅配人員在門口喔！」

我馬上從包包裡拿出皮夾，很客氣地對王玲說聲「不好意思」，三步併兩步走到櫃台，但我根本不記得我最近上網買過什麼。

宅配人員遞了個小包裹給我，我看著上面的收件人資料是我沒錯，可是我眞的想不起來我到底買了什麼。還在思考時，宅配人員已經有點不耐煩地說：「江小姐，可以麻煩妳快一點嗎？中秋節快到了，我有很多包裹要送。」

我看他滿身大汗，趕緊付了錢。拿著包裹準備回到辦公室時，櫃台的小菁叫住了我，「雨航姊，這些是今天的信件，麻煩妳順便幫我拿進去。」

一、點、都、不、順、便、好、嗎？

拿進去都放在我那裡嗎？我難道不用跑每個部門分發嗎？重點是這是總機人員的工作，我不只是「順便」幫她拿進去，還要「順便」幫她發，見鬼的「順便」。我看見她緊盯著電腦螢幕，想也知道又是縮小視窗在那裡看同人小說，不然就是上交友網站。每次電話都亂轉接，想到這裡，就想把手上那些信件用力甩到她臉上。

但，我沒有勇氣。

帶著滿腹怨氣走回辦公室，再「順便」幫她跑完了各個部門，花了二十分鐘才回到座位上。看著那盒放在桌上莫名其妙的包裹，仔細回想這幾天自己是不是有網購，卻怎麼也想不出來。用小刀劃開包裹上的膠帶，打開盒蓋，看見盒子裡裝的產品時，我愣了一下。

上面寫了一些日文，以我拿過幾張日文檢定證書的理解力翻譯過後，左邊寫了「日本銷售 No.1」，右邊寫了「七級震度、五種震法」，再看看標題橫批，是……「最受歡迎情趣用品」！我馬上蓋起盒子，轉身，拉開身後那個閒置的辦公桌活動櫃最下層，把東西丟了進去，然後火大地拿了我的手機走到樓梯間，打電話給江晉航。

第一通沒有接，第二通也沒有接，撥打到第三通他才接了起來。

「妳不知道男人最痛恨女人連環 call 嗎？」他的聲音聽起來就是還在睡覺的樣子。

「不好意思，我對你來說不是女人，請叫我二姊。還有，那個寄來我公司的情趣用品是你買的嗎？」我生氣地說。

他的聲音馬上變得很有精神，「到貨了？我昨天才買的耶，二十四小時到貨眞不是蓋的。」

「蓋你的頭，你買就買，寄到我公司幹麼？這種東西你也好意思寄到我公司？然後我還要先幫你付錢，你是瘋了嗎？」眞心不知道江晉航怎麼會如此幼稚，明明只小我十一個月而已啊。

「江雨航，妳也不想想妳媽，我們買的東西哪一次她不是先打開來試用的？這個如果寄回家，讓她先用的話……」江晉航講到這裡就停住了。

然後我們各自想像家裡那位母親大人沈小姐把這個拿起來，還跑去跟老爸研究的畫面……我相信電話另一頭的江晉航也跟我一樣，硬是吞了一大口口水，才讓自己忍住沒有吐出來。

過了三秒，他接著說：「我怎麼敢再用？」

「你眞的很無聊，你的體力有這麼差嗎？還是實力不到標準被女朋友嫌棄？但通常只有你嫌棄別人的分不是嗎？」

「江雨航，妳眞的很不懂耶，生活就是需要製造一些情趣啊！」他又開始嫌棄我了。

「隨便你，但你不會寄去你的工作室嗎？」眞心搞不懂他，明明就在知名網路公司上班，他一個月的薪水等於我工作四個月的收入。結果他說離職就離職，硬要跟朋友還是什麼學長一起開工作室開發 app 程式。說我時間多，他才是眞的太閒。

「工作室這兩天在裝修啦！想來想去還是寄到妳那裡最安全。妳打開了喔？妳不要那麼下流自己先拿去用喔……」我怕會被他氣死，沒等世界上最下流的他說完話我就掛掉電話了。

去茶水間狠狠地喝了兩杯冰開水，心情才稍微舒暢一點點。這樣一來一往地折騰下來，現在已經早上十點半了，我卻還沒有開始工作。這樣實在不行，我必須珍惜每分每秒的工作時間，畢竟我的上司從九年前教我學會工作流程後，就只負責出一張嘴。

是的，九年。

我們公司是營造業，會承接一些飯店、科技廠房或是公家機關的設計工程，我就是負責整理工程投標書和合約書的助理人員。這麼枯燥乏味的工作，我一做就是九年，想過無數次要離職，卻還是繼續得過且過。

年輕的時候，是因爲不知道自己想做些什麼、能做些什麼。年紀大了，變成害怕競爭、害怕改變，於是就成了現在這個樣子。

連自己都會討厭自己的樣子。

深呼吸之後，我離開茶水間，強迫自己回到位置上工作。對我來說，我的工作僅僅是讓我得以生存的一項工具而已，沒有什麼職場雜誌上面說的那些「享受你的工作，會爲你帶來更多」或是「樂在工作，追求成就感」，再附上幾張模特兒擺出熱愛工作模樣的照片那樣美好。

這一些，我從未眞正體會過。

抱著這樣的遺憾，我繼續爲生存打拚。整理完一份計畫書，再抬起頭來已經是下午兩點多了。員工餐廳只供餐到一點半，我錯過了午餐，只好到茶水間泡個簡單的杯麵隨便吃吃，卻看到公司的會計小姐拿著購物袋，搜括茶水間的零食、咖啡粉、茶包。

看到有人進來，她第一時間驚慌地停下了動作，發現是我，又繼續打開櫃子把一包包餅乾放進袋子裡。記得我第一次看到她這麼做的時候，她又驚又慌地一直向我解釋因爲家裡小孩太多，負擔很重，她會這麼做是不得已的。所以我一直以爲她的家境不好，也就當作沒有看到。

結果，在某個下雨天，我上完瑜珈課經過 SOGO 百貨，竟看到她開著一輛價值上百萬的驕車從停車場出來。爲什麼我會剛好看到？因爲那輛車從我面前開過去時，很不客氣地濺了我一身水花。我在心裡用全世界最骯髒的字眼罵她，眼神像要射破輪胎那樣瞪著那輛車，才發現開車的人是我們公司的會計小姐。

過了一陣子，許桂梅很八卦地告訴我，聽說會計小姐的先生過世之後留了好大一筆遺產給她，還有兩棟房子在天母，好些同事都看過她出入高級場合，還開著名車。

爲什麼這麼有錢還要如此貪小便宜？我甚至看過她從洗手間拿了兩包衛生紙放進包包帶回家。

我不能理解有錢人的行為，我想這也是為什麼我無法成為有錢人吧！如果問我，在這間公司讓我得到了哪方面的成長？大概就是見識到人生最黑暗的那一面，還有，奇葩是真真實實存在於這個世界上的。

而我的睜一隻眼閉一隻眼，其實也是在默許她的這些行為。或許，在其他同事眼中，千辛萬苦和全世界保持距離的我才是真正的奇葩吧。

這個體悟讓我胃口盡失，倒掉只吃了兩口的泡麵，回到辦公室，桌上又被放上兩份新的標案文件要處理。我看了截止日期，把它們塞到右手邊那堆怎麼做也做不完的計畫書堆裡。

我曾經對許桂梅反應工作量太多，我一個人做不完，她只給了我一句，「妳不要擔心，我會幫妳啊！需要我協助妳什麼，儘管跟我說。」我才剛要開口，她桌上分機又響了，她興奮地接起來，開始跟祕書聊起公司誰誰誰跟某某某有曖昧，那個誰誰誰暗戀公司的某某某……她們總有聊不完的別人的事情。

我只能加快工作的速度，然後後悔自己居然花了一分鐘相信她的謊言。

那次之後，我就再也沒有跟她提過工作量的問題，只能努力地在每個標案的截止日前盡力將計畫書趕出來。

畢竟我也沒有資格抱怨，這一切的一切，都要怪我自己的離不開。逃避自己的懦弱，我回到了工作上，努力地趕在下班前完成今天的進度。這個工作讓我最開心的一個部分，大概就是可以不用跟太多同事打交道。我覺得，被文件包圍著比較有安全感。

就在我整理好計畫書準備裝訂時，部門主任走到許桂梅的座位旁，對著她說：「明天會有一個新來的助理，最近投標案件太多了，公司決定多分配一個人員來協助，就麻煩妳們好好教她，讓她可以盡快進入狀況。」

許桂梅放下講了兩個多小時的分機電話，對著主任猛點頭，「沒有問題，公司總算知道我和雨航兩個人眞的忙不過來了。」接著，她指指肩膀上的痠痛貼布，「我都忙到肩膀痠痛要貼撒隆巴斯了。」

我在心裡翻白眼，妳明明是因爲夾著話筒講電話講太久，才會肩膀痠痛的好嗎？

「辛苦妳們了！」主任很客套地敷衍了一下就走了。

許桂梅馬上重新撥了分機到人事部，打聽新來助理的背景，「大學剛畢業，長得很漂亮？」

一聽到長得很漂亮，辦公室男同事全在同一時間停下動作。是有沒有這麼誇張？

「身材很好？」許桂梅接著說。

我沒有說謊，我看到繪圖組的阿豹一臉激動，好像對發票中了兩百萬一樣，眼睛還微微滲水。連回來公司開會的工地主任也興奮地握起拳頭望向遠方，不知道在期待什麼。機電組的阿材兄弟兩個人還開心得抱在一起轉圈。

請問有事嗎？我知道公司因爲是營造業所以男生特別多，但只是來一個新來的妹妹，不用好像得到全世界一樣好嗎？

我繼續裝訂，眼睛實在無法承受更多荒唐的畫面。估價工程師小祿走到我旁邊，「雨航姊，新人應該是妳帶吧！」眞心不懂，明明只小我兩歲，可以不用叫我「姊」嗎？這輩子我都還沒有聽過江晉航叫我一聲姊。

我抬起頭看他，公式化地微笑，「應該是吧，怎麼了嗎？」

他搔了搔頭，然後對我說了一句更荒謬的話，「如果明天新來的妹妹眞的很正，可以幫我多說些好話嗎？」

「啊？」我好像喪失聽力一樣，搞不懂他話裡的意思。

「雨航姊，妳也知道我們公司女生那麼少，我來公司三年了還沒有交過女朋友耶，每天就是加班、加班再加班，我感情生活是零耶。我也想要談戀愛啊！妳知道嗎？我的人生很乾燥而且沒味道。」他哀怨地說。

其實我的人生也很乾燥，也很沒有味道，我在心裡回答著。但我想，他想聽到的答案並不是這個。

我對他點點頭，「我盡力。」

他開心地跳了起來，拉著我的手猛向我道謝，「雨航姊，謝謝妳，妳好人有好報，妳是天使下凡，妳是我心裡的觀世音菩薩！」接著蹦蹦跳跳回到他自己的座位。

看著他雀躍的背影，好想對他說：看在我要幫你說好話的分上，就不能說我是你心裡的少女時代嗎？沒有哪一個女人喜歡當男人心目中的觀世音菩薩好嗎？

看著辦公室的男同事們臉上燃起的那一線生機，我忍不住笑了。曾經我也如此期待過愛情，可是，現在的我已經厭倦戀愛這件事了，總是不斷重複一樣的流程。愛的時候生氣、耍賴、放屁，做什麼都可愛。分手的時候，那些可愛就被忘得一乾二淨。愛也在一瞬間消失，快到讓人覺得好像什麼都沒發生過一樣。

對於這一切的惡性循環，我覺得很膩。

我寧願把那些時間拿去背討人厭的英文單字，拿去練書法寫八次長恨歌全文，拿去練個手指不協調還會跑音的和絃，拿去看重播的韓劇美劇日劇，也不想再把時間拿去談讓人覺得很膩很膩的戀愛。

寧願生活沒有味道，也不願意生活又苦又膩。

我在下午六點前順利完成了裝訂工作，然後打卡下班，準備到補習班上個索然無味的英文課。沒想到老師身體不舒服停課一天，我卻到了教室才發現以手機簡訊發送的停課通知。

拖著沉重的身軀回到家，一打開門，老媽拿著鍋鏟從廚房探頭出來，「江雨航，妳今天蹺課喔？」

我點了點頭，換上拖鞋，走進客廳就看到姊姊坐在沙發上拿著魷魚絲在啃，邊啃還邊跟老爸抱怨她婆婆。老爸則是整理著他收藏的茶具，有一搭沒一搭地回應著。

我姊跟我不一樣，她長得很漂亮，從以前就很多人追，是被男人捧在手掌心上的呵護的公主。所以她也眞的以爲自己是公主，有很嚴重的公主病。其實，她會得這種病，我爸也有很大的責任。

從小，三姊弟中老爸就最疼姊姊，因爲姊姊很會撒嬌，嘴又甜，她五歲的時候，就說長大要嫁給像爸爸一樣溫柔體貼的人。這麼小就會講場面話，有誰會不疼她？因此老爸成了姊姊的許願池，連銅板都不用丟，只要吩咐一聲，想要什麼就有什麼。

還好，我有個老說自己最公平的老媽。大姊趁爸媽在店裡賣麵時偷偷溜去同學家，回來被媽媽發現，老媽連我一起揍。原因是我沒有勸告姊姊，也沒有打電話告訴爸媽。我問：「那弟弟爲什麼不用被揍？」媽媽說弟弟還小，但明明只小我十一個月而已。

弟弟偷拿收銀機的錢去打電動，我也挨揍，原因是沒有盡到當姊姊的責任。我問：「那爲什麼大姊不用被揍？」媽媽說剛剛忘了揍，下次補回來。於是我每天都在期待那個下次，但每次都落空。

說好的公平在哪裡？

後來我就再也不問了，總之，不管是誰做錯，我永遠會連帶被揍，被揍久了就習慣了，皮也就硬了。

人生不過是習慣兩個字，習慣再習慣，好的會習慣，不好的也會習慣，然後就沒有什麼好難過、沒有什麼好悲傷、沒有什麼好不能接受的了。

家裡的經濟都是媽媽在控管，所以，爸爸如果要達成姊姊的吩咐，就必須自己藏私房錢。但媽媽也不是省油的燈，玩具熊的肚子、玩具電話的電池孔、廁所的馬桶水箱裡、餐桌腳下，任何想得到或想不到的地方老爸都藏過，但是老媽都找得出來。

也許是從小耳濡目染，我也變得特別容易發現男友想湮滅的證據。發票或收據上的地點、時間和購買物品，還有車上多出來的耳環、髮束，甚至是香水味，都能輕易地結束一段又一段感情。

老爸在經濟上無法滿足姊姊的要求時，只好在情感層面上彌補。比如幫她想理由偷溜出門，幫她簽不及格的成績單，幫她掩蓋很多做錯的事情……但也會有掩蓋不了的事，比如懷孕。

姊姊大學還沒畢業時，肚子裡就有小 baby 了。

知道姊姊懷孕的那一天，我們家差點就散了。老媽拿起爺爺留下來的擀麵棍就開始揍老爸，罵老爸就是太溺愛了，才會讓姊姊還沒結婚就懷孕。因爲老爸的手還要擀麵條，所以老媽專挑大腿打，打完還罰老爸跪在爺爺的牌位前，要他好好向爺爺道歉，整晚不准睡覺，不可以吃飯也不能喝水。

而那個做錯事的孕婦則是晚餐吃了兩碗飯，睡覺睡到打呼聲都傳進我房間。

我只好半夜起床幫老爸擦藥，還幫他煮了一碗泡麵。結果泡麵太香，老媽醒了過來，那個晚上我於是陪老爸跪到早上。

然後我和老爸的共識就是：以後不要再煮維力炸醬麵了。

最後，姊姊沒有讀到大學畢業就先結婚了，在家裡被寵成公主的她，和觀念傳統的婆婆每天都在打神經戰。生小孩前，兩個人搶姊夫，生小孩後，姊姊搶兒子，婆婆搶孫子。全世界最可憐的男人就是我姊夫龔兆堂和外甥龔永熙，永熙昨天還在跟我訴苦，他說他每天都要吃兩份早餐才能去上課，一份是媽媽買的麥當勞，一份是奶奶做的清粥小菜。開學一個多月，他已經胖了五公斤。

「阿姨，我女朋友說我再胖下去她要跟我分手。」永熙的聲音聽起來好像世界要毀滅一樣。

我很想跟他說：「親愛的永熙，其實不管再怎麼愛，早晚都會分手的。」但他才國中一年級，正覺得愛情百般美好，爲了不傷害他的少男心靈，我只好建議他每天都睡過頭，這樣就會來不及吃早餐，還可以變瘦。

只是不知道他今天實施的狀況如何。

聽見我走進客廳的聲音，姊姊馬上回過頭來，然後像個女王般對著我說：「江雨航，妳過來，妳過來評評理。今天早上龔永熙睡到七點半才起來，龔兆堂他媽就一直唸我，說一定是我晚上看電視音量轉得太大聲，吵到龔永熙睡覺了。講這種話不覺得很好笑嗎？然後我塞了早餐在龔永熙的手提袋，她又一直罵我買垃圾食物餵兒子。麥當勞早餐有火腿有麵包有肉有蛋，是哪裡不健康了？垃圾食物哪能把兒子養得這麼高這麼帥，功課又全班第一？」

我懶得理她，走回房間，門都還來不及鎖，姊姊就拿著魷魚絲闖了進來。

「不要在我房間吃東西。」我說。

「我沒有吃啊！我只是拿著。」姊姊的回答讓我全身無力。

我看著她繼續說：「我要換衣服啊，妳進來幹麼？」

「妳換妳的啊，我又不會看。不是啊，就算看了又怎樣？妳有的我也有，我胸部還比妳大耶。」

才想把姊姊趕出去時，弟弟又接著走進來了，「江雨航，我的東西妳幫我帶回來了嗎？」

我頓時想起那個七級震度，五種震法的情趣用品。它被我丟在無人使用的辦公桌櫃裡忘了帶回來，「我忘了拿。」我說。

「妳是忘了拿還是想佔爲己有？妳好幾年沒有交男朋友了。」江晉航不能接受地看著我說。

沒有男朋友又怎樣？我就一定要用情趣用品嗎？我不能出去跟別人一夜情嗎？我不能隨便往男人的床上躺嗎？

好吧！我是真的做不到。

火氣整個上來，氣到一句話都說不出口。老弟看見我的臉色，察覺自己失言，馬上從口袋裡拿出五千塊遞到我手上，然後裝傻地說：「剛剛有人講話嗎？就跟老媽說房子隔音很差她都不相信。」

鬼才相信你的話。

接著他又露出誠懇的笑容說：「明天記得幫我帶回來喔！」

看在多餘的小費分上，我收下了五千塊，點了點頭。我這個弟弟什麼都不好，講話毒舌，自我感覺良好，只喜歡E罩杯以上的辣妹，不愛洗澡，又喜歡和女人搞曖昧。不是我在說，哪個女人跟了他就是倒了八輩子的楣，但唯一一個小小的優點就是很會賺錢、很會投資，對我很大方。

在一旁的姊姊也插花，「什麼東西什麼東西？吃的嗎？可以團購嗎？我也想買。」

「按摩棒，妳要買嗎？」我忍不住回答。

姊姊一臉驚喜地說：「按摩棒？好用嗎？我上次買了一隻歐森的，想要按摩肩膀，可是很難用又很重，按完之後肩膀更痠，手也很痠。江晉航，你是買什麼牌子的？」

姊姊還沒有說完，江晉航已經笑到在地上滾。

我整個無言，無法再待在自己的房間一秒。爲什麼老爸和老媽不能給我正常一點的姊姊和弟弟？我羨慕別人的姊姊都會帶妹妹出去玩，買衣服鞋子給妹妹，但我姊常常問也不問就拿走我的衣服和鞋子。我羨慕別人的弟弟都很聽話，叫他往東他不會往西，跟他說一他不會說二。但我弟 always 指使我，「江雨航，妳幫我買ＸＸＸ」，「江雨航，我肚子餓」。

江雨航，是江惠航和江晉航的第二個媽。

我又大大嘆了口氣，走進廚房打算幫媽媽做晚飯，「媽，有什麼要幫忙的嗎？」

「有，趕快去談個戀愛。」老媽用鍋鏟盛起鍋內的高麗菜，轉過頭嚴肅地對著我說。

我當作沒聽到，轉身走出廚房。但老媽依然在我身後碎唸，「我不是那種老古板的人，妳有沒有結婚都沒關係，就算妳未婚生子我也ＯＫ，女人就是要有愛的滋潤才會漂亮亮的啊！妳看，像我有妳爸這樣愛我，我才能六十歲還是一枝花啊！」

是啊！連名字都叫沈桂花嘛！

老爸和老媽就是標準的一個願打一個願挨，老爸這種人，就連離家三公里外的加油站工讀生都會認同他是好好先生。老媽呢，就是精明能幹勇猛威武，連里長伯都要讓她三分的那一種人。

完全不同個性的兩個人，相處起來卻那麼緊密又有默契，這不是戀愛的最高境界嗎？

我很羨慕，但我也認清了自己戀愛的能力，只希望趕快老去，下輩子重新再練。

沒有回答老媽，我走到飯鍋旁幫忙盛飯。老媽把菜端到餐桌後，又拿了隔熱手套往旁邊的瓦斯爐走去，在端起雞湯的同時順口對我說：「我眞的搞不懂妳耶，那麼多時間不去談戀愛，每天都在上課、上課，是上那些課要幹麼？」

我端著盛好的飯跟在老媽後面，「一個人自由自在不是很好嗎？」

老媽放下雞湯後，扯掉手上的手套轉身面向我，一手扠腰一手指著我的胸口說：「我說江雨航啊，妳現在看起來行動是很自由啦！但妳的心有沒有自在？」

妳的心有沒有自在？

老媽的話往我心裡狠狠地敲了一記，我今天才明白，原來自由不等於自在。

第二章

單身的人，總是告訴自己單身最好。

我呆愣在原地，老媽嘆了一口氣，把我手上的飯碗接過去放到餐桌上，很難得溫柔地對我說：「江雨航，不要老是用妳的身體在過日子，用用妳的心好嗎？」

我、的、心嗎？我看著老媽的臉，腦子因爲這句話陷入暫停。

還沒反應過來，老媽又馬上在我耳邊大吼，「江惠航，妳還不快點來吃一吃去補習班接妳兒子！妳老公不用付我生活費嗎？從妳結婚到現在，哪一餐不是我供應的？妳老公放縱妳不用做家事不用侍奉公婆，那是他的事，但是我有答應嗎？妳是嫁出去的女兒耶，是潑出去的水耶。」

我揉揉被貫穿的耳膜，腦子裡都是老媽的聲波，撞得我的頭好痛。

一聽到老媽的叫喚，姊姊馬上從房間跑出來，一臉奉承地說：「媽！幹麼這樣啦！我可以一天看不到龔兆堂，但我不能一天看不到妳和爸，不能一天不吃妳煮的飯，我會全身無力不能動。」

「妳平常就癱在沙發上，只有嘴在動，而且我可以一年都不用看到妳，不，接下來十年都不用。」老媽很酷地回答著，我在心裡附和：我也是。

「嫁出去的女兒也是女兒啊！媽，不然我叫龔兆堂今年帶妳跟爸去關島玩？」姊姊又開始她的拿手絕活，撒嬌。

看到她在那裡眨眼嘟嘴皺鼻頭，加上高八度的娃娃音，我好想拿雞腿塞住她的嘴。

「不用，妳的孝心我心領了，帶妳婆婆去。」老媽邊說邊撥開老姊貼在她身上亂滑的手，每次姊姊回家抱怨婆婆怎麼不好，老媽從來不搭話，但我知道，她其實很擔心姊姊的婆媳問題。

從小，老媽最常對我們講的一句話就是，「自己想辦法解決。」

她不在乎我們考第幾名，上什麼學校，老師給我們什麼評語，她只在乎我們是不是一個善良的人，有沒有能力解決自己的問題，這方面我很肯定老媽的想法。

但是她不插手我們的事情，不代表她不會擔心。

她會站在一旁默默看著我們自己解決，在我們要偏離軌道時稍微提醒我們一下。就像雖然她不過問姊姊的事，但會在姊姊和婆婆關係很緊繃時，要姊姊帶婆婆去旅行。還有她對我說「才不管妳要不要結婚」，但其實她很擔心，擔心將來我如果一輩子單身沒有另一半陪伴，那該怎麼辦。

老媽的這些心思，我都知道的。

吼完姊姊之後，她又開始吼老弟，「江、晉、航！你睡了一整天，還不快點過來吃飯？是誰規定研發東西都要在半夜？生活作息都顛倒了，你再不調一下你的生理時鐘就給我滾出去外面住！」老媽再度大吼，我都覺得我快耳聾了。

被老媽恐嚇完，江晉航神速地在三秒鐘內入座，拿起筷子挾了一條香腸，對著老媽說：「媽，晚上夜深人靜的，我比較有靈感、比較有feel啊！」

「我管你比較有什麼！從今天開始，再敢半夜敲我房門叫我幫你煮消夜，我就去你房間往你的電腦澆個幾盆水。」我絕對相信老媽做得出來。

「好啦！」江晉航心不甘情不願地回答。

接著換老爸，「江遠東，你是想要我摔爛那些茶壺嗎？不要看我這樣胖胖的，我還很靈活喔！我可以馬上過去喔！」老媽威脅著老爸。自從他們決定退休把麵店收了，收集茶壺茶具就成了老爸的興趣。

老媽一講完，老爸嚇得馬上放下剛購入的茶壺，依依不捨地站起來，緩緩地移動。

邊走，他還邊回頭看向他的茶壺，好像跟情人分手一樣。好不容易走到餐桌旁，結果說了一句，「其實我沒有很餓。」

有時候，不知道該說男人是少根筋還是太白目。

老媽狠狠瞪了老爸一眼，接著開始發飆，「那從今以後你都不要吃飯，看你的茶壺就飽啦！整個家裡沒有一個正常的，當人家媳婦的不像媳婦，整天回娘家吃吃喝喝。當人家老爸的不像老爸，整天只知道摸那些茶壺。當人家女兒的不像女兒，晚上見不到人假日還躲在房間看電視，當人家兒……」

「媽，我有好好當兒子喔！我每個月都給妳生活費，還多加了零用錢讓妳打麻將，輸的都算我的，贏了都是妳的。」江晉航一臉驕傲地說。

老媽很不客氣地回答，「啊你除了會賺錢你還會幹麼？你都三十歲了，我還要幫你洗衣服、打掃房間、孝敬你三餐。你只會帶女朋友去睡高級飯店泡溫泉，怎麼不找一天帶我去睡一下泡一下？」

「媽，妳和老爸去啊，我出錢嘛！」

「你少在那裡惹我，我現在有老公跟沒有老公是一樣的，你們快給我吃完飯，全部都離開我的視線，有沒有聽到！看到你們就煩。」老媽放完話，轉身走回廚房。

老媽一走進去，江晉航馬上低聲問老爸，「媽今天打麻將又輸錢了嗎？」

老爸一臉無辜地聳了聳肩。

「爸，你好歹也關心一下老媽啊，老媽會不會是更年期了？」姊姊眞好意思說，全家最不關心老媽的就是她啊！

老爸繼續一臉無辜地聳了聳肩。

老弟還想再說些什麼的時候，老媽又從廚房走出來，然後對他說：「你叫我幫你看的日子看好了，師父說後天是開業最好的日子，再不然就要到下個月月底了，那個工作室還要裝修多久？我無法再忍受你白天還在家裡折磨我，最好你後天馬上給我開業！」

「媽，妳知道有多少女人日日夜夜都想看到我嗎？眞是人在福中不知福。」

老弟一講完，老媽二話不說拿走他的飯碗，「你不要吃了，自戀就飽了。」

老弟馬上搶回他的碗，趕緊正經地說：「今天就裝修好了啦！可是後天開業好像有點趕，明天電信公司才要過去裝電話線，學長訂的辦公用具也是明天才會到，不知道有沒有時間整理好。」

「你跟你學長合夥是有沒有問題？不要被人騙還不知道。」老媽說。

「不會啦！我們都講清楚了，也立了合約書，更何況學長出的錢比我多耶！我不要騙他就好了，他不會騙我啦！」老弟一臉自信地說。

說得也是，從以前到現在他最會騙人了，尤其是騙女人的感情。

「那我明天準備一些東西，先過去拜拜，你晚上給我早一點睡喔！明天還有很多事要做，有沒有聽到？」老媽挾了一塊排骨放在老弟的碗裡。

「好啦！」

本來以爲一切到此結束，終於可以好好吃頓飯，結果門鈴又響了。老媽飯都還沒吃到一口，又忙著起身去開門。

原來是隔壁的葉阿姨，她一臉笑嘻嘻地像等待著什麼好戲一樣。門一開，她伸手遞了一個紅色信封給老媽，「這是你們家雨航的，混在我家的信件裡送到我家了，我剛剛才看到，想說趕快拿過來給雨航。」

我也起身，走到門口接過那個紅色信封，「謝謝葉阿姨。」

「不謝不謝，這喜帖應該是朋友要結婚了吧！是說雨航啊，妳怎麼還沒有消息啊？我女兒比妳小兩歲，孩子都生兩個了，妳要再加油啦，趕快找個好男人嫁了啊。像我女兒她老公有固定的工作，還有房子……」葉阿姨是個很熱情的人，但熱情經常用錯地方，對別人家務事尤其熱情。

老媽沒等她說完，「其實我家雨航結過婚又離婚了啦！」然後手一揮，門「砰」一聲闔上。

我愣在原地，我相信門外的葉阿姨也愣在原地。

老爸難得出聲，「老媽子，妳這樣講，她肯定馬上去跟全社區的人講，我們雨航的名聲怎麼辦？」

老媽看著我說：「江雨航小姐，妳介意嗎？」

我搖了搖頭。有什麼好介意的，那些生活在我世界邊上的人要怎麼講我，要怎麼想我，要怎麼看我，我其實一點都不在乎。

生活已經不容易，每天都要花上這麼多的體力才能耗過一天，我不想再浪費精神在不必要的人身上。

這些人甚至不會走進我的世界，我有什麼好在乎或需要在乎的？

江晉航曾說，不在乎別人眼光大概是我全身上下唯一的優點。

「你看，就說她不會在乎啊！」老媽對老爸挑釁著。她會這樣說，是真的知道我不在乎，而且對她來說，她可能覺得「結過婚」比「單身」還要來的強。

老媽靠到我旁邊，拿走我手上的喜帖，「妳還有什麼朋友？國中的好朋友子倩，高中的好朋友小雪都結婚了啊，還有誰會寄喜帖給妳？」邊說還邊拆喜帖。

老媽拿出卡片的那一刻，喜帖特有的香味薰進我鼻腔。我不喜歡這個味道，到底是誰規定喜帖一定要有香味的？

我和老媽一起看了喜帖上的名字，寫著長男張志偉與次女謝佳佳。老媽轉過頭來看著我，「謝佳佳，妳什麼時候有這個朋友我怎麼不知道？聽都沒聽過。倒是這個張志偉……好像是妳第二還是第三任男朋友的名字？」

我看著老媽的臉，點了點頭，「是第三任。」

「啊！跟妳在一起四年，一直沒有說要結婚，後來跟妳分手不到一個月就娶別人，不到五個月就抱著小孩的那個王八蛋嗎？」老媽一臉恍然大悟的神情。

我又點了點頭。

雖然每一段感情到最後都讓我很不堪，但那一段戀情是我受傷最重的一次。他曾經對我說，不管有沒有結婚，我都是他唯一認定的伴侶。於是，四年間我付出了我的所有，用心用力地愛著他，最後卻只得到一句，「我對妳沒有感覺了。」

一個月後，他傳簡訊來，說他做了對不起我的事，希望我能原諒和祝福他。那個時候我只希望他下地獄，怎麼可能祝福他？我很平凡，我並不偉大，我也不想偉大，一個把我推入絕望的人，我拿什麼理由說服自己原諒他？

原諒不是簡單的事，不是集滿五點再加三十九塊就多送一份鹽酥雞，也不是集滿十點多送一杯珍珠奶茶這麼容易。

後來在路上偶遇共同認識的朋友，那時朋友告訴我，他其實過得不好，和太太處得不愉快，工作也不怎麼順利。那一刻，我才真正得到救贖，畢竟就算我是善良的，那也不代表我需要原諒全世界。

當下我原諒了我自己，原諒了自己流過的那些眼淚和愚蠢。

「啊他不是結過婚了？還要再結？重點是他好意思發喜帖給妳？這年頭經濟真的有這麼不好？連舊情人的紅包錢都要賺？」老媽不可思議地看著喜帖又看著我。

我拿走她手上的喜帖，然後扔進垃圾筒，回到位置上繼續吃飯。已經徹底離開我世界的人，我真的毫無關心。

倒是老媽非常生氣，坐回餐桌，邊吃邊罵張志偉，「想當初，他跟我說喜歡我做的紅燒蹄膀，只要妳帶他回來，我哪一次沒有做給他吃？現想在想起來，我還真對不起那些豬！」

姊姊也開始幫腔，「真不知道寄喜帖給前女友安的是什麼心。」

「男人都不是什麼好東西啦！」江晉航啃著排骨說。

我和老爸、老媽還有姊姊同時把視線落在他身上，然後很有默契地點了點頭。他感受到我們的目光，馬上放下排骨，「幹麼看我，我至少不會寄喜帖給前女友好嗎？」

「因爲寄不完。」姊姊說。

「要是你的前女友們都來了，可能要另外多開兩桌。」老爸說。

老媽忽然嘆了一口氣，對弟弟說：「我現在喔，想到別人的媽媽也有可能這樣罵你，我就覺得很丟臉又很難過。」

江晉航慌張到了極點，馬上反駁，「不可能好嗎？我不會劈腿，也不會偷吃，我每段感情都處理得乾乾淨淨，而且明明是江雨航的事，幹麼扯到我身上？」

我喝著湯，看了他一眼，「我的什麼事？那不算一件事，只是一個笑話，笑過就好了。」我說。

「妳交往過的男朋友喔，我還是最喜歡那個朱威啦！就是妳初戀男友啊！有禮貌又勤勞，以前我們麵店還開著的時候他都會來幫忙，粗重的事情都他在做，還會說笑話給我聽，怎麼說分手就分手了咧？可惜啦！」老媽沒事又在講這個，眞的很受不了。

有時候想到還會問我，「不知道那個朱威結婚了沒？你們眞的都沒聯絡了嗎？」

眞的沒有。

我們是大三時在一起的。說眞的，那個時候同學間大家都覺得很訝異，因爲朱威是學校的風雲人物，足球校隊隊長，全校都知道校花倒追他的事，全校都在期待他們的戀情能有發展。

會和朱威認識，是有一回我在書法社社辦練字，足球社的在走廊玩球，他們不小心把球踢進教室，剛好落在我的硯台上。我的硯台摔破了，衣服和臉上被潑得全是墨汁。朱威進來跟我道歉，買了新衣服讓我換，幫我整理教室裡濺了四處的墨水。

然後我們就這樣戀愛了，校花一看到我就哭，那時候，我就背上了第三者的罪名，大家覺得我搶了校花的男朋友。我雖然很無辜，但面對這些難聽的傳言我都沒有很在乎，我依然過我的日子，談我的戀愛。

後來我們畢業了，朱威去當兵，新訓結訓那天我去看他，他只是淡淡地跟我說了一句，「我們分手吧！以後不要再聯絡了。」不曉得是自尊心作祟，還是因爲不懂分手是什麼，當下我連「爲什麼」三個字都沒有問，高傲地轉身就走。

於是，我們就這樣斷了，到現在我還是不知道朱威爲什麼要跟我分手。

「媽，朱威都多久的事了，還在講？」姊姊難得幫我說話，我卻希望她不如不要開口，嘴一張又繼續說：「我還是比較喜歡上一任那個劉……劉什麼啊？反正他就長得很帥啊，身材又好，光看到他心情就好起來了。」她說完，還花痴地笑了笑。

我很努力地想快點把飯吃完，我不想和我的家人一起懷念我過去的戀情，我沒有這種習慣。

「妳就外貌協會啦！愛情是要講求感覺的好嗎？初戀多美麗，像我跟妳爸就是初戀啊！妳爸除了我就沒有愛過別人，我除了妳爸也沒有愛過別人，這樣都沒有問題。江雨航，妳聽媽說，想辦法找朱威看看啊，搞不好有機會啊！妳說是不是？」老媽講完話就看著我，想取得我的認同。

我沒有回話，喝完最後一口湯，站起身離開餐桌。

老媽對著我的背影喊，「江雨航，媽在說的妳有沒有聽到？找以前大學同學問看看啊！花點時間談戀愛啊，妳有沒有聽到啦！妳真的要孤單一輩子嗎？不然妳未婚生子也可以啊，生個小孩來陪妳也不錯啊！妳有沒有聽到啊？」

有，我都聽到了，而且非常清楚。

我無力地癱在床上，覺得今天全世界都在跟我作對。

怎麼樣才可以快點變老？我問著我自己。

經歷幾次不順利的愛情，現在的我已經不怕孤單，更耐得住寂寞。比起自己一個人，我更害怕兩個人，更害怕甜美愛情轉變成冷冽的陌生，也更害怕習慣兩個人之後要重新適應自己一個人。

一個人比較安全。

我在床上翻過身，趴在枕頭上，閉起眼睛想好好休息，但從小就不敲門的江晉航這次也沒有例外地直接開門喊我的名字，「江雨航。」

我依然閉著眼睛，不打算理他。

他站在門口，用我們兩個可以聽到的音量很認眞對我說：「老媽講的那些妳不要想太多，反正妳老了我會養妳，以後我的小孩也會孝順妳，過妳想過的日子就好。」然後很帥氣地轉身關門。

我想，江晉航會讓女人爲之瘋狂，大概就是他散漫個性下的貼心。他雖然看起來吊兒郎當的，但我相信他說得到也做得到。

其實這不是老弟第一次這麼對我說，從我開始打算自己一個人過日子起，他就曾經這樣說過了。但這卻是第一次，我聽到這些話之後默默地流下眼淚，眼淚滑過臉頰，滴進了枕頭。

我想，單身最辛苦的，是要說服那些不能接受你單身的親朋好友。

然後，在這個晚上我夢見了從來沒有夢見過的朱威。我夢見我們騎著他的摩托車去墾丁、日月潭玩，就像以前一樣。夢見他來我家幫忙擀麵團，聽老爸話當年，就像以前一樣。還夢見他陪老媽打麻將，拿贏的錢帶我去吃牛排，就像以前一樣。

夢到了好多以前的事。

可惜，醒了之後，那些都是回不去的以前，這令我一大早起床就不由得感嘆一下人生。

吃早餐時，看到老媽的臉，我一直想到朱威，一定是她昨天晚上一直講朱威我才會夢到的。

老媽察覺我的視線，「怎樣？我今天特別漂亮嗎？」

我馬上收回我的眼神，差點沒被自己口中的稀飯噎死。恢復鎮定後，我繼續吃早餐，真心不懂到底是我的眼神有問題，還是老媽房間裡的鏡子有問題。

到底是誰跟她說她很漂亮的？

「江雨航，妳晚上不要去上課，早點回來。」老媽夾了個荷包蛋丟進我碗裡。

「爲什麼？」我問。

「妳兩個月沒有幫我挽臉耶，我臉上好像多了不少粉刺，晚上幫我挽臉再除個粉刺。對了，妳上次不是還學過什麼精油推拿？幫我推一下看看會不會瘦一點。妳下次去學種睫毛好了，我昨天打牌看到阿珠去植睫毛，喔，自摸的時候像扇子在那裡搧來搧去的，就水耶。」老媽常看救國團的課程簡介，有些一日課程，她覺得她會用到的，她就會叫我去學。

我點了點頭，面對老媽的交代，是沒有「不」這種回答的。

穿上鞋子，拿了包包，關上門的那一刻很自然地嘆了一口氣，然後開始催眠自己，「我不想上班，但是我愛賺錢。」這句話講到第五百次就到公司了，但我依然不想上班、不想上班、不想上班。

進公司後，先幫主任泡了一杯美式咖啡不加糖，再幫主任拿他常看的三份報紙放在桌上，澆澆他辦公室裡的盆栽和花瓶，再幫許桂梅泡杯玫瑰蜜茶，整理一下她的桌面，基本上她沒什麼在做事，桌面算是很乾淨。最後，我再動手整理我自己的工作環境。

滿桌的文件，右手邊原本空著沒人坐的桌子早就被我佔領，桌面上也堆了很多文件夾。但今天早上會有新助理來報到，我得整理出右邊這張桌子給她用。

我除了要整理合約及投標計畫書外，我另一個功能就是暫時儲藏區。不知道要放在哪裡的東西就先往我這裡放，我的座位後頭擺滿了用不到的椅子、櫃子、電腦主機……一堆有的沒有的東西。同事來找我，開口最常說的第一句話就是，「雨航，妳這有XX或OO嗎？」

人客啊，我這裡什麼都有。

桌子整理得差不多的時候，主任很準時地走了進來，來到我面前跟我打招呼，身後還跟了一個女孩。「雨航早，這是新來的助理，叫蔡茵茵。」

我看著那個女孩，貼了假睫毛的眼睛，打上鼻影的鼻子，塗著鮮艷口紅的油亮嘴唇，一頭大卷髮，穿著緊身T恤和牛仔短裙，腳下蹬著一雙水藍色高跟鞋，用貼了閃亮亮水晶指甲的手對我揮揮手示意。

「嗨，我是蔡茵茵。」說起話來眼睛一眨一眨的，跟老媽講的一樣，睫毛好像兩把扇子。但當下我已經在心裡拒絕老媽叫我去學植睫毛的提議了，我不能讓沈桂花小姐的眼睛戴上兩把扇子去外面嚇人。

我對她笑了笑，「我是江雨航。」

「茵茵，雨航是妳的資深前輩，她懂得很多，妳要好好跟她學，有什麼問題一定要問，她會教妳。」她對主任比了一個ＯＫ的手勢之後，主任開始交代我，「雨航，等等先帶茵茵去熟悉一下環境。」

我點點頭，主任就離開了。

我才剛打算開口，辦公室裡的單身男同事已經光速加手刀衝到我們旁邊，立刻開始問起茵茵的祖宗十八代，甚至把我擠到一旁，讓我整個人跌坐在自己的辦公椅上。這根本就是在餵魚啊！飼料一丟下去，魚群全部衝了上來，眞的是太奇妙了，我以爲我在看動物星球頻道。

許桂梅在一旁看了猛搖頭，「嘖，不過就這一點長相，現在男人是怎麼了？眼光都這麼低嗎？沒看過女人嗎？墮落！」然後拿起分機打給她最愛的祕書小姐，兩人又開始道人是非。

我嘆了口氣，看目前這個場面，半小時之內是不會結束的。

於是我先投入工作，半小時後，我從工作中抬起頭，位置安排在我右手邊的茵茵已經整理好她的辦公桌，電腦有人幫忙搬來組裝好，分機電話也有人主動接好，連舒壓坐墊都有了。昨天請我幫他美言幾句的估價工程師小祿正走過來，拿了一杯黃金比例放在她桌上。

茵茵甜甜地笑著對小祿說：「謝謝。」

這是我第一次看到小祿臉紅。

「雨航姊，忘了買妳的，我下次補給妳。」小祿發現我盯著他，不好意思地對我說。

我笑了笑，「不用了，我不喜歡吃甜的，如果沒其他事情，我就要帶茵茵去熟悉環境了。」

他恍然大悟地說：「對對對，要工作了，那我也先去忙了。」

小祿也離開之後，一切總算恢復正常。我對茵茵說：「走吧！我先帶妳認識一下公司的環境。」

茵茵點點頭，下一秒突然跟我說：「等一下。」

我疑惑地看著她，只見她從包包裡拿出手機，對我非常燦爛地笑著，「第一天上班，我一定要打一下卡。」然後她把手機鏡頭轉向自己，手機舉到眼睛上方五公分，下巴稍微往下壓，左手變成剪刀手放在眨起來的左眼旁邊，微吐舌頭。

咔嚓一聲，她按下了拍攝鍵。

是我告別青春太久了嗎？我眞的不太明白爲什麼現在的女孩都要這樣自拍，然後滿街是一樣動作、一樣表情、一樣妝容的女孩，我分不清楚誰是誰，就像我分不清楚江晉航歷年來女友們的長相一樣。

茵茵興奮地走到我旁邊，拉著我的手，「雨航姊，我們一起拍一張吧！」

「不用了，我不喜歡拍照，已經很晚了，我們趕快開始吧！」我說。我無法這樣自拍，不要說別人看了會想吐，我會連自己的胃都先吐出來。

她一臉惋惜地看著我，「好吧！但等我先傳一下照片。」

這一等，又是一個五分鐘。

帶她去茶水間、影印室、歷年檔案紀錄室和各部門繞了一下，回座位後，坐在一旁的茵茵又開始自拍，這次是皺著眉頭嘟著嘴。拍好了，又老樣子地再繼續滑著手機。

一旁的許桂梅一臉不悅地說：「公司請的是助理，不是模特兒。」茵茵馬上垮下了臉，面無表情。

左邊是許桂梅，右邊是蔡茵茵，我夾在中間眞的很尷尬，還好許桂梅的分機響了，我才鬆一口氣。

我開始向茵茵說明工作的部分，「合約通常是一式四份，要跑公司流程的這一份是正本，其他三本是影印出來的副本。」

「可是我怎樣分辨正本副本？它外面會寫正本副本嗎？不然四本都一樣，我要怎麼辦？」茵茵一臉不解。

「跑公司流程的這一份正本是公司用印，蓋章會用紅色印泥。副本因爲是影印的，印章顏色就會是黑色的。」我用最簡單的方式說明。

她繼續問我，「那如果公司用黑色印泥蓋章，那就都一樣了啊！」

「公司不會用黑色印泥蓋章。」我繼續說。

「爲什麼不會？」她繼續問。

「因爲公司一直都是用紅色印泥。」我繼續回答。

「那如果公司有一天弄錯，用了黑色印泥要怎麼辦？」她繼續問。

「一般公司用章都是用紅色印泥，不會用黑的。」我說。

「爲什麼不會？政府有規定公司只能用紅色印泥蓋章嗎？」她再繼續問。

我眞的很想翻桌子，然後吼她一句，「妳自己的章有用過黑色印泥嗎？」但我沒有，我沒有勇氣翻桌，只好耐住性子繼續跟她解釋。於是，光公司章用紅色印泥用印的這件事，我就解釋了十分鐘。

好不容易告一個段落，要再繼續下面的部分，她卻告訴我她想上廁所。我只好讓她先去洗手間，我則是虛脫地癱在辦公椅上，全身無力。

在一旁的許桂梅掛掉電話，然後又開始跟我報告她剛剛得到的消息，「雨航，聽說今天工程部也來了一個新人，好像是總經理朋友的兒子。這種靠關係進來的人都是米蟲啦！沒什麼實力又要佔位置，最看不起這種人了。妳剛剛去工程部沒有看到新人嗎？」

我搖了搖頭，工程部平常就沒什麼人，都是一些安全衛生工程師和機電工程師，主要負責外面的工程，常常要跑工地處理施工的問題，只有寫計畫書或是開會時才會在公司。

但話說回來，佔位置佔最久的難道不是她本人嗎？不用做什麼事，卻每個月領比我多的薪水，然後每次開會都說她有多辛苦。

她繼續說著，我則是整個人放空，不想再繼續聽她說別人的壞話。老媽說，不好的話聽久了人會變壞，可見這九年來我有多放空，才能保持這麼善良的本性。

茵茵這一去洗手間再回來已經是午餐時間了，我只好帶著她一起去員工餐廳吃飯，順便也讓她熟悉一下。挾好菜，一找到位置坐下，男同事就馬上靠過來圍著茵茵，挾滷蛋的挾滷蛋，遞飲料的遞飲料。

我坐在她旁邊顯得很多餘，只好拿著菜盤緩緩退出那一場和我無關的戰役。

一站起身，轉過頭，我開始找尋空的位置。在我東張西望時，一張熟悉的臉孔就這樣映入我眼裡。

是的，我昨天是夢到他，但我並沒有夢到我們會這樣相遇。

我愣在原地，他看著我，我看著他。

想起了他對我說的那一句，「分手吧！不要再聯絡了。」我突然耳鳴，好像什麼都聽不到一樣。

朱威緩緩朝我走過來，就在他距離我只剩一公尺時，我把餐盤丟在離我最近的一張桌上，然後轉身就走。

是的，我離開了。

由於不知道怎麼面對自己過去的感情，所以我暫時先離開了。

第三章

單身的人其實特別膽小，卻總是要自己不要害怕。

我不知道自己是怎麼走回辦公室的，我坐在椅子上，努力想要平復情緒，偏偏朱威的臉又一直在我腦子裡重複閃過。過去交過幾個男友，可我從來沒有在分手後又碰上前男友的經驗。

我不知道遇見愛過的前男友會這麼刺激，沒有人教過我遇見前男友該說些什麼話，才能表示自己已經放下那些過去。或者，該做些什麼舉動，才能讓對方知道我依舊過得好好的，帶著自尊努力地生活，好證明自己有多帥氣。

朱威看見的是我落荒而逃的背影。

想到這裡，就很想拿起桌上的鍵盤跪下去，向老爸老媽還有我的祖宗道歉，晚輩讓你們蒙羞，給別人笑話了。

我為什麼要逃跑？我沒有做錯事，我卻逃跑了。

忍不住洩氣地把頭靠在桌上，又忍不住把頭往桌上敲了好幾次，「我幹麼要跑掉？我幹麼要跑掉？」

但是，朱威爲什麼會在公司裡？難道他是許桂梅口中那個「總經理朋友的兒子」，那個靠關係進來的米蟲？

意識到這個事實，我嚇得馬上抬起頭來，還倒吸了一口氣。許桂梅正從我身後走過去，然後對我說：「雨航，妳剛剛是不是有看到新來的那個工程師？妳覺得怎樣？祕書小姐說笑起來很迷人，我就覺得還好啊，妳覺得呢？」

我沒有回答，因爲我需要消化自己和朱威變成同事這個事實。

「雨航姊。」茵茵開玩笑偷偷地往我背上拍了一下。我嚇得整個人站跳了起來，過度的反應讓許桂梅和茵茵兩個人睜大眼睛看著我。

我失控了。

茵茵笑著說：「雨航姊，妳做了什麼壞事，心虛喔。」

沒有回應她，我坐回椅子上，喝了一口水鎮定心情，不停地告訴自己：只是一個前男友而已，有什麼好怕的？

對！沒有什麼好怕的。

於是，整個下午我都在訓練自己的強心臟。每當一有人走進我們部門，我都會忍不住神經緊繃，背脊發涼。想要盡快讓茵茵進入工作狀況，結果反而是我進入不了狀況。

一到六點，我馬上起身走人。我來公司九年，第一次比許桂梅早走。

在捷運上，我拿出手機google「如何面對前男友」，然後出現了「逆轉勝，如何贏回前男友」。我仔細回想，難道是因爲我對朱威還有感覺所以才會慌張嗎？但過了那麼久，其實我早就忘了喜歡他是什麼感覺，所以應該不是這個。

再往下拉，「十二星座女孩怎麼面對舊愛」嗯，應該是這個。我點了進去，找到自己的星座，文章裡說因爲戀情失敗才會有前男友，完美主義的妳，再次面對舊愛就像再次揭開瘡疤，妳絕對不會再讓自己碰上讓妳「失敗」的人。

啊就碰上了啊！

回到搜尋引擎的搜尋頁繼續看，「面對前男友，女人要如何做」對對對，就是這個。

一點進去，只給了我斗大的七個字：絕、對、不、能、做、朋、友！

我嘆了一口氣，我當然沒有要和他做朋友，我只是不知道怎麼跟前男友當同事，雖然那段感情已經過了很久，但「他以前是我男友」這是一件發生過的事實，難道要假裝什麼都沒有發生過，雲淡風輕嗎？

我恍然大悟，對！雲淡風輕。

我該冷靜地面對這一切，把朱威定位在同事的角色。更何況他在工程部，可能是一年見不到幾次面的同事，我該學會對他優雅地微笑，就像我對公司的同事一樣，也應該要保持距離，就像我對公司的同事一樣。

其實，沒有想像中的難。

我安心地回到家，開了門，家裡出奇地安靜，沒有老媽的炒菜聲，也沒有姊姊抱怨婆婆的碎唸聲，更沒有老爸明明專心地在擦茶壺，還硬要打開電視聽的新聞主播聲。只有「噠噠噠噠」快速敲打鍵盤的聲音。

我走進客廳，一個不認識的男人穿著襯衫休閒褲，腿上放著一台筆電，很專注地在使用電腦。

聽到我進家門的聲響，他抬起頭看我。我也看著他，想要等他說明他爲什麼會在我家，但他好像沒有打算解釋，繼續看著我。過了兩分鐘，我實在是有點受不了，便問：「請問你是？」

「我是晉航的學長。」他有點冷淡地開了口。

我點了點頭，在屋裡四處找尋我家人的蹤影。他繼續說：「妳媽請妳爸去巷口買醬油，可是過了二十分鐘妳爸沒有回來，妳姊姊就說她要去找，一去也去了二十分鐘，後來換妳媽媽去了，結果妳媽媽向店家借了電話，打電話回來說他們三個人都沒帶錢，晉航就出門去付錢了。」

感謝他如此清楚的解釋，發生這種荒謬的事，的確是我們家的風格。

在我要轉身進房間時，他在我背後說：「妳裙子拉鍊沒拉。」

我馬上全身僵直，眼神稍稍往下，看了看身上的窄裙，側邊裙頭是扣上的，但拉鍊眞的沒有拉，露出了我今天穿的粉色內褲和五分公的大腿皮膚。

我整個人好像狠狠被揍了一拳一樣，動彈不得。

沒想到他又補了一句，「而且妳內褲有點脫線了。」接著對我笑了一下。

我完全被ＫＯ。

快步走回房間，關上門，馬上脫掉裙子，然後看到我的內褲側邊眞的有兩條線頭。

我無法承受這個打擊，飛撲到床上拿起枕頭用手猛搥，不敢相信我居然會如此丟臉，忍不住拿枕頭往自己的臉打。難道我下午去洗手間之後就一直呈現「公開」的狀態嗎？

我已經不敢想像全台北市有多少人看到我脫線的內褲了。

我需要向台北市民公開道歉嗎？

當我還在思考這個問題時，晉航的學長來敲我的門，「不好意思，妳現在可能忙著覺得丟臉，但我找不到你們家的飲水機，我想喝水。」

這個人講話一定要如此欠揍嗎？一定要如此直白嗎？

「等我一下。」我很不甘願地回答。

拖拖拉拉地換上家居服，打開房門，他已經又坐回沙發上繼續用他的電腦。我走到廚房拿了水杯，從冰箱裡拿出冰開水幫他倒了一杯，然後放到他面前。才打算再走回房間時，他又說了一句，「不好意思，我不喝冰的。」

不喝冰的？你一個大男人不喝冰的？難不成是大姨媽來了嗎？

才打算開口跟他說我家只有冰開水時，老姊慌慌張張地回來了，後面還跟著一臉好像要發生大事的老弟。兩個人都太奇怪了，原以爲老爸老媽跟在他們後面，隨後也會進門，但沒有，老弟馬上關上門，姊姊匆忙地走進客廳，拿了她的包包就打算要走了。

「江惠航，妳要走了？」我疑惑地說，她可是不會錯過任何一頓晚餐的。

「對，再不走就來不及了，我不想看到老媽大發火，雖然我覺得那個阿姨看起來是比媽還要正，但是我……啊算了啦，我也不會講啦，反正妳不要拉我，我要先走了，沒事不要打電話給我。」

我根本沒有拉她好嗎？

姊姊快速地從我面前消失，我都不知道她什麼時候變得這麼敏捷，平常老媽叫她做點事，她不是拖拖拉拉就是乾脆說不會做。看到她如此動作迅速，我覺得事情不單純。

江晉航看到姊姊趕著離開，便在她後面叫道，「江惠航，妳眞的很過分耶，這種非常時期妳居然……」

砰！門被姊姊關上了。

這不明的情勢也搞得我十分不安，我走到老弟旁邊，「江晉航，到底是發生什麼事？」

老弟一臉煩躁，「就老爸騙老媽啊！」

我也煩躁起來，忍不住提高音量，「講、清、楚！」

「要講很長耶！」

我二話不說，用我的拳頭狠狠地敲了一下他的頭，上次這麼做應該是四年前了。

「我叫你講！」

我都忘了客廳裡還有晉航的學長，他正十分有興致地看著我們。

我想等一下應該要向他收錢，看戲要付費的。

江晉航一臉哀怨，摸著被我打的頭，「就我們剛剛不是去巷口那個賣場買醬油嗎？說到這個就很扯，三個都沒有帶錢的人還好意思去賣場？妳不覺得他們很誇張嗎？」又離題了。

我瞪了他一下，「你廢話可以少一點嗎？」

「好啦！後來我去找他們，結完帳要走回家的時候，在路上遇到一個很會打扮的阿姨，她走過來跟老爸聊天，還叫老爸小東耶！」老弟講到這個開始大笑，「居然叫老爸小東，我眞的沒聽過有人這樣叫我們老爸，我只聽過陳曉東啦！」

「重點！」我眞的很討厭廢話。

「重點就是那個阿姨跟我們打招呼，自我介紹還說他是老爸的初戀情人，手還勾在老爸的手上喔！還問上次請朋友帶給老爸的紫砂壺老爸有沒有收到，完全沒有把老媽放在眼裡，我超怕老媽去拔那個阿姨的頭髮的。」

老媽最引以爲傲的是第一次談戀愛就結婚，結果老爸的初戀情人不是她，想也知道打擊一定很大。

「後來呢？」

「後來老媽生氣地走了，老爸就去追她啊，那個阿姨還跟我說下次有空一起吃飯，我又不是不想活了，還跟她吃飯！是說我還滿想問老爸爲什麼會跟那個漂亮阿姨分手然後娶老媽，要是我，我當然會娶……」

我又再一次打了江晉航的頭。

他抱著頭，一臉痛苦地說：「娶老媽啊！」

最好是，全世界最了解你的女人除了你老媽之外就是我了，跟你相處了三十年，要是還不清楚你是怎樣的人，那我這個姊姊就太失敗了。

本來想再多打他幾下，結果老媽氣沖沖地走了進來，後面還跟著表情像有千言萬語想說的老爸。我趕緊鬆開拳頭走到老媽旁邊，正想開口說些話緩和一下她的情緒時，老媽又對著老爸吼，「你就這樣騙了我三十幾年，都不會良心不安嗎？」

「老媽子，妳聽我說，我不是故意要騙妳的，那時候我也想跟妳解釋，可是沒有機會嘛。看妳那麼高興，我也捨不得說破啊！」老爸一貫溫柔，好聲好氣地解釋著。

「所以我就這樣被你耍了三十幾年！我每一次在講初戀的時候，你是不是都在心裡偷笑：初戀個屁，妳哪是我的初戀，我的初戀才不是妳。是不是？是不是？」老媽生氣地坐上沙發，還拍了一下桌子。

江晉航的學長原本坐在沙發上，一看場面演變至此，也趕緊把腿上的電腦放到一旁，再把桌上的筆筒和小盆栽放到其他地方，自己再默默走到另一邊。

他可能很怕老媽翻桌吧！

「不是這樣的。」老爸無奈地說。

「不然是怎樣？還送你紫砂壺喔！私底下偷偷聯絡不敢讓我知道，每次要摸你的茶壺就說不行，原來是初戀情人送的。這麼寶貝，那你要不要跟我離婚去跟她在一起啊？」

我被離婚兩個字嚇到。

我趕緊坐到老媽身邊，「媽，妳不要想太多了，我相信老爸眞的不是有意要騙妳的，更何況你們都老夫老妻了，不要隨便說要離婚啦！」

老媽砲口轉向我，「妳又知道他不是有意的？那時候妳都還沒有出生耶，連胚胎都不是。」

「連胚胎都不是」這句話好像在罵人。

「妳不要凶女兒啦，三十幾年前的事過去就算了，妳爲什麼要那麼在意？」老爸接著說。

老媽更火大，站起來走向老爸，「我爲什麼不能在意？我爲什麼不行？你騙了我三

十幾年，現在又暗通款曲，我為什麼不能在意？如果她比較好，那你去找她啊，去啊去啊！」邊說還邊把老爸往大門的方向推。

我和老弟拉著老媽，「媽，妳不要這樣，有話好好說。」

四個人像球一樣擠到門口，抵擋不住沈桂花小姐的威力，老爸就這樣被推了出去。然後老媽對著我說：「這麼愛幫妳老爸講話，妳也出去。」我就這樣被老媽的右手給送出門外，接著老弟被老媽的左手給攆了出來，「你們同一個風流種，都給我出去。」

然後門「砰」地一聲關上。

這眞是太不可思議了，活到三十一歲了，我沒有想到我會這樣被趕出家門，我愣在原地，覺得自己一定是在作夢。

老弟則是不停敲著門，「媽，妳把我趕出去就沒有人給妳零用錢囉！沒有帥兒子孝順妳囉，妳自己想想這樣划算嗎？」

門內沒有回應。

換我走上前去，「媽，有事好好說，妳可以先冷靜一下嗎？就算妳要把我們趕出來，也要讓我們進去整理一下行李吧！」我打算用這招先誘騙老媽開門，再好好跟她溝通。

沒想到這招居然有效，門打開了。

然後老媽連續丟了三個皮箱出來，「都幫你們整理好了，不用謝我，算是我這個當老婆和當媽的最後爲你們做的一件事，反正你們都覺得不對的是我，那就沒有什麼好說的了。從今天開始，沒有我的允許，不准給我進家門。這房子登記的名字是沈桂花，你們不要忘了。」

接著把江晉航的學長也推了出來，「漏網之魚也出去。」

門又「砰」一聲關上。

我們三個人看著那扇門發呆，江晉航的學長則拿出他的 iPad 繼續在那裡滑著。也對，這件事本來就跟他沒有關係。

老弟無奈地坐在他的行李箱上，「老媽眞的很恐怖，都不聽人講話的。」

門內突然傳出聲音，「江晉航，你不知道我們家隔音不好嗎？」

老弟馬上站起身對著門口鞠躬，「對不起，老媽，我是在說妳長得美若天仙貌美如花。」說完，重重地吐了一口氣。

我想，今天是進不了家門了。老媽說一不二，她的原則是不容許被改變的，除非她自己願意讓我們進去，不然，就算把門敲破，我們依然只能站在外面。

看著老爸一臉無可奈何望著門的樣子，很讓我心疼。

「老爸，我看得要等老媽氣消了我們才能回家，我去商務旅館租房間讓你住好嗎？」老弟看著老爸說。

老爸搖了搖頭，「不用了，我剛好可以去住你叔叔家。你嬸嬸上個月走了之後他就孤伶伶地自己一個人，兒女又都不在身邊，我去陪他，免得他亂想。」

「雨航呢？要跟我去住叔叔那裡嗎？」老爸提議著。

我搖了搖頭，「爸，叔叔家在新竹，我這樣沒有辦法上班。」

「我都忘了，都是爸不好，讓妳也被趕出來。」老爸一臉愧疚。

「爸，這跟你沒有關係好不好，你不要亂想。」我安慰著老爸，比起老媽，我更擔心老爸。

「妳乾脆辭職算了，反正也不是什麼好工作，一直都想辭職不是嗎？剛好辭一辭陪老爸去新竹玩。」老弟在一旁說。

我很想辭職啊！但是我不知道辭了之後要幹麼啊。我嘆了口氣，想著我可以借住在誰家，但我向來沒有什麼朋友，怎麼想也想不出來有什麼地方可去。

「江晉航，那你呢？要住哪？」我問著。

「還用問，當然是我女友那裡啊！妳先擔心妳自己吧！」他一副理所當然的樣子，看了就好想揍他。對，這個時候我真的不應該單身，不然也能去住個男友家之類的。

我沒好氣地瞪了他一眼。

他突然想到什麼地說：「對了！妳去住我們工作室好了，裡面有一間小房間，是預留給我們通宵工作時休息用的。雖然很小間，但有基本的衛浴設備，學長，OK嗎？」他轉過頭詢問和他合夥的學長。

學長沒有停止滑 iPad，但開了口說：「OK啊，我沒有意見。」

老弟像解決了一件大事一樣，開心地拍了手一下，「好，那現在呢，我先送老爸去叔叔那裡，學長，麻煩你幫我送江雨航去工作室。」

學長的視線依舊停在 ipad 上，只是點了點頭。

江雨航江雨航地叫，這個江晉航是一聲「姊」都不會叫嗎？更何況我有答應嗎？我有說要住在那裡嗎？我有說要讓這個學長送嗎？

我氣得把行李箱拉近，輪子輾過江雨航的腳。「江雨航！妳都沒有在看嗎？壓到我的腳了啦！」

雖然我很想高傲地對老弟說我不需要去住他們工作室，但我沒有那個條件，事實

上，什麼都沒有的我，的確很需要一個暫時的住處。

送老爸上了老弟的車之後，江晉航的學長走在我前面，替我拉著行李箱。到了他的車子旁邊，他先開門讓我上車，再把行李箱放進後座，然後發動上路。

這種感覺實在是很尷尬。

我首先打破沉默，對他說了聲，「不好意思麻煩你了。」

他卻回答我，「我叫范天堯。」

嗯？我有點訝異他的回答。

他解釋著，「要向別人道謝之前，不是該要先知道幫助妳的是誰嗎？這不是一種很基本的禮貌嗎？」

是拐個彎說我沒有禮貌嗎？

我提高音量，「范天堯先生，不好意思，麻煩你了。」

他笑了笑，像終於教會寵物一樣地說：「Good。」

我很想回 good 你的頭，但是我沒有勇氣，只能在心裡不停地白眼加挖鼻孔。難得見到如此講話直接又喜歡挑戰人性的人，不打算搭理他，反正我們不會有什麼交集。

他也是一個生活在我世界邊上的人。

到達工作室，他拿了一張保全卡遞給我，「這是保全卡，我和晉航各有一張，這張是備份的，先給妳用。」

我點點頭，接了過來，習慣性地說聲謝謝。

他再一次說：「我叫范天堯。」

煩不煩啊這個人，我有點控制不住自己的情緒回答，「你的意思是以後我說什麼話之前都要喊一次你的名字嗎？」

他又笑了笑，我看了很火大，「范天堯先生，有什麼好笑的？」要白目我真的不會輸給別人，我的實力也不是一般好嗎？不然怎麼在我家活到這麼大？

他沒有回答我，開始幫我介紹工作室裡的環境。不得不說這兩個大男人還滿會規畫的，坪數不大，但是黑白灰的色調讓整個空間的質感很時尚，很聰明地運用零星的空間收納檔案及工具，不讓環境看起來雜亂。

「這裡就是房間。因爲只是睡覺用，也就沒有特別裝修，妳可能要委屈一下。」接著他又把房間的鑰匙遞給我。

我接了過來，「范天堯先生，謝謝。」

他笑了笑，然後拿起自己的包包，「妳先休息吧！這裡比較郊區，但沒有聽過發生什麼刑事案件。雖然聽說前面那個公園以前是墳地，倒也沒有傳過什麼靈異事件，所以不用擔心。」

你說了我更擔心好嗎！

本來沒有想到這些，他一講我能不想嗎？我真的很怕自己失控，出手捏死他，這樣就有可能發生刑事案件，然後變成靈異事件。這個人真是比江晉航白目千萬倍，頓時覺得我弟弟可愛到翻天。

「感謝提醒，范天堯先生。」我咬牙切齒地回答，然後關上房門，撲到床上拿起枕頭猛搥。

怎麼有人讓人如此想出手揍他？

氣了十分鐘，我才發現自己肚子好餓。我今天吃了早餐之後就沒有再進食，中午是因為遇到朱威，晚上則是被老媽趕出門。我想，不只昨天全世界跟我作對，今天也是，可能明天也是，未來也是。

想到就全身無力，好想快點變老。

但在變老之前，我只想快點洗好澡，準備睡覺。就算我很餓，被范天堯這樣一講我還敢出門嗎？

深深嘆了一口氣，我打開行李，裡面只有一套我的睡衣，一套上班穿的衣服，和幾瓶我常用的保養品，此外什麼都沒有。我看著行李箱傻眼，老媽是想逼死我嗎？

我已經沒有力氣難過了，決定明天下班要找時間去添購生活用品。拿了睡衣，簡單沖了個澡，躺在床上想到范天堯說前面那個公園以前是墳地，我就開始變得很敏感，一點點風吹草動都讓我很神經質。

房間外突然發出一點聲音，我嚇得馬上坐起身，然後走到房門口，緊張得不知道要不要開門出去看。接著，我又聽到水流的聲音，難道真的有靈異事件？想到我就全身起雞皮疙瘩。

不行，一直在房間這樣是坐以待斃，不管是人是鬼，我都要往外逃。我深吸一口氣，打算一鼓作氣地往工作室門外衝出去，沒想到，房間門一開，就看到有人在站在我面前。我嚇到立刻蹲下，開始放聲大叫。

「妳冷靜。」

是人，會講話。我停止尖叫，緩緩抬起頭看，整個人鬆了一口氣。我癱坐在地上，對著那個人發火，「請問你又回來幹麼？你不是走了嗎？進來了不會說一聲嗎？不會敲個門嗎？」

因爲過度驚嚇，我整個人呈現暴走的狀態。

「我叫范天堯，而且我正要敲門，妳就開門了。」他還好意思繼續這樣回答。

我對著他吼，「知道了啦！是要講幾百遍，我知道你叫范天堯，我會背了好嗎？你沒事又跑回來幹麼？你知道人嚇人會嚇死人嗎？」

「我想妳可能不方便出門買晚餐，所以帶了一點東西過來。」他指了指桌上的壽司，接著說：「工作室沒有洗碗精，我只能用水稍微沖一下餐具，妳介意的話，可以用免洗餐具，在茶水間櫃子裡。」

我整個氣勢弱掉，面對別人的好心，我還像瘋婆子一樣尖叫大罵，實在是很沒有教養。我趕緊道歉，「范天堯先生，不好意思，我剛剛眞的嚇到了，所以講話比較大聲，希望你不要介意。」

他笑了笑，「沒有什麼好介意的，我跟妳不一樣。」

這是又拐個彎罵我的意思嗎？眞的是沒有一分鐘好光景，我徹底懶得理他，再跟他繼續交談下去絕對不是明智的選擇。我坐到椅子上，拿起筷子開始進食，這才有活過來的感覺。

我嚼著口中的壽司，發現他正在看我吃，我只好很客套地問：「范天堯先生，你吃過了嗎？要一起吃嗎？」

我希望他說不用。

他卻回答我，「我吃過了，這些是我沒吃完包過來的。」

我停止咀嚼，好想翻桌把壽司丟到他臉上。你包吃剩的給我就算了，那你可以不用告訴我啊！不用對我這麼誠實，我還會感恩你的大德，現在一說，除了想用筷子射穿他之外，我沒有別的好說了。

「妳慢慢吃，我先回家了。」他笑笑地跟我說再見。

留下我在原地，緊緊握著拳頭，找不到發洩的對象。

我只希望從今以後都不要再見，才離家四個小時，我已經開始想家了，我寧願老媽每天逼我交男朋友，也不想被白目的人氣死。

媽，我好想妳。

我依舊把那些壽司吃完，因爲我眞的太餓了，就算范天堯白目地對這些壽司吐過口水我也認了。刷完牙躺回床上，試著撥電話給老媽，但她沒有接。最後我傳了封簡訊向她報告我的位置，希望母親大人放寬心。

可是簡訊傳出後一直得不到回應，我等著等著就這樣緩緩睡著了。

隔天，在公司工作九年的我第一次遲到了。進公司時，大家都一臉不可置信地看著我。我頭低到不能再低地走到自己的位置，剛放下包包，許桂梅就說：「雨航，妳不會是交男朋友了吧！我的話要聽啊，現在的男人不能相信，妳不要又重蹈覆轍了。」

茵茵坐在一旁，又在拿手機自拍。她一聽到許桂梅的話馬上放下手機，不認同地說：「女生就是要多交往幾個男生，才能累積經驗分辨好男人跟壞男人，我支持雨航姊多交男朋友。」

許桂梅反駁，「妳年紀輕輕懂什麼？」

茵茵也不甘示弱，「我年紀輕輕，搞不好看男人的眼光都比桂梅姊強。」

兩個人就這樣槓上，我被她們吵得頭都快要爆炸了，還好主任叫了我的名字，我才得以脫離這片苦海。

「雨航，在忙嗎？」

我馬上站起身轉頭，帶著微笑回答，「沒有，主任有什麼事嗎？」我的視線放在主任的臉上，而他身後另一個人的臉也這麼滑進了我眼裡。

是朱威。

昨天晚上這樣一折騰，我都忘了這個曾經進入過我世界的人又走了進來。我深呼吸一口氣，想起昨天做好的決定，我要冷靜，朱威不是我前男友，而是一個需要保持距離的同事。

「先跟妳介紹一下，這是新來的工程師，朱威，他的辦公桌需要一個櫃子，妳這裡有多的嗎？」

我點了點頭，「有的。」

然後，我轉身把那個空的辦公桌活動櫃推到主任面前。朱威走上前接過，用那張我曾經如此熟悉的臉孔對我說了一聲，「謝謝妳，雨航。」

那一瞬間，我的心停頓了一秒。

我依舊極力鎮定地說：「不客氣。」

拿到櫃子，主任和朱威就離開了，我也鬆了一口氣。對，就是這樣，我們就只是同事，接下來的日子依然不會有什麼交集的同事。

要做到這種程度一點都不難。

我爲我自己的鎮定鼓掌。

有時候，我總是覺得自己做不到，卻偏偏到了某個時機，發現自己做到了。我不知道這算是一種成長還是一種運氣，我只知道，對於未來茫茫然的我來說，這兩件事我都非常需要。

第四章
單身的人，最喜歡否定自己。

由於一早有了好的開始，我對自己很有信心，也很專注地投入工作。於是，我花了一個早上，把所有工作流程很完整也很清楚地向茵茵說明了一遍。

「雨航姊，可以休息一下嗎？妳已經連續講了三個小時，可以讓我去一下洗手間嗎？」在我要繼續講解裝訂合約書的順序時，她出聲制止了我。

我才剛點了頭，她就馬上拿起桌上的手機往洗手間跑。

我是教得很認眞，但她有沒有認眞聽我就不知道了。跟昨天一樣，這一等，又是等到中午吃飯時間她才緩緩回到位置上。

我還沒開口，許桂梅就先出聲了，「茵茵，沒有一個新人像妳這樣去一趟廁所要半個小時。想當初，我像妳在這個年紀進來公司，只花一天學好流程，就開始自己作業了，不懂的就要主動問。雨航從昨天就開始教妳，今天早上也繼續花時間帶妳，她帶妳的話，自己也沒有辦法工作，妳還不認眞一點。」

「可是我來了兩天，也沒有看到妳在工作啊，妳也都是一直在講電話啊。我還聽到妳說營運部主任跟老婆離婚，現在住在朋友家。」茵茵居然這麼直接地反駁，現在小孩都這麼猛嗎？

我嚇得冷汗直流。

許桂梅整個大爆發，「這是妳對前輩該講的話嗎？沒大沒小，書都念到哪裡去了？整天只會在那裡拍照打卡，聽說妳是人家介紹進來的，我想也是，不然妳這種連印章顏色都搞不清楚的人，怎麼會找得到工作？」

茵茵還想繼續頂嘴時，我急忙把她拉走，免得再吵下去全公司的人都知道了。

「午餐時間到了，我們先去吃午餐。」我邊拉著她邊說。

「什麼嘛，最討厭這種倚老賣老的人，重點是自己又不事生產，整天只會在那裡講電話。雨航姊，妳怎麼能在這種人底下工作那麼久？妳是神嗎？」茵茵講得很誇張。

如果我是神的話，會先讓她們兩個都住嘴。

她們其實沒有資格罵對方，但能講出那一切不平，我覺得茵茵比起什麼都沒有說的我還要強。即便我不認同她們的行爲，至少她們都比我有勇氣多了。

一走進員工餐廳，一些男同事就對著茵茵揮手。她興奮地走了過去繼續當她的公主，只要坐著，食物會自動放到眼前。青春眞好，漂亮眞好。

我拿了餐盤，隨便挾幾樣菜，找了張空桌坐下來。吃到一半時，有人拉開對面的椅子，也坐了下來。

他對我說了一聲，「好久不見。」

我抬起頭看著他，不小心被口中的高麗菜噎了一下，我忍不住咳了兩聲。

「還好嗎？」他問。

我端起一旁的水喝了一口，對朱威點點頭，然後假裝沒事一樣繼續吃飯。我完全忘了還有員工餐廳這個危機，早知道在樓上茶水間隨便吃碗泡麵，就可以避免發生這種場面了。

「昨天看到我爲什麼要跑掉？」他邊吃邊問，一派輕鬆。

我也不想輸他，努力自然地回答，「只是剛好想起有事沒做完。」

他抬起頭看我，用著當初讓我著迷的陽光笑容說：「我以爲妳還忘不了我，不知道怎麼面對我。」

我這次不是被高麗菜噎到，是被糖醋排骨。迅速拿起桌上的水，喝完一整杯才把卡在喉嚨的排骨吞下去。他坐到我旁邊拍了拍我的背，還遞衛生紙給我，「妳都沒有變，吃東西還是這麼不小心。」

好不容易死裡逃生，我用衛生紙擦了嘴，抬起頭，才發現我們太過靠近。我急忙挪了一下身體，拉開我和他之間的距離。

朱威坐回我對面，看著我說：「我們還是朋友吧？」

我看著他的臉，想起當年他突然之間拋棄了我，雖然我曾經無數次想找他，想問他分手的理由究竟是什麼，但始終沒有。過去沒有問，現在的我也沒有必要問，更沒有必要和一個分手那麼多年的人當朋友。

也許是我不夠寬宏大量，但我心胸狹隘，真的不需要和一個我不知道該怎麼相處的人當朋友，我的麻煩夠多了，不必再自找麻煩。

我忍不住搖了搖頭，「我們只是同事。」

他嘆一口氣，「妳是不是還在怪我當初說分手就分手？其實我有苦衷的，那時候是因爲……」

「都過去了，就算我現在知道原因也不會改變什麼。我想，以我們這麼尷尬的情況，只要當同事就好了。」我收拾桌面，準備起身離開。

他突然對我說：「沒關係，就像妳說的，都過去了，那我現在以同事的身分重新認識妳，這樣可以嗎？」

「對我來說，同事就只是同事，樓下保全大叔也是我的同事。」我淡淡地回答。

他看著我，表情十分無奈地說：「妳以前不會這樣的，爲什麼現在好像不容許任何人進入妳的世界一樣。」

我看著他，沒有回答，起身離開了員工餐廳。

爲什麼？

因爲你們輕易地走入我的世界，摧毀了我的一切之後，又離開我的世界，最後我只能一個人哭著收拾殘局，有時候會傷心一年，有時候甚至是兩年，我已經厭倦了。最好的方式，就是拒絕任何人進入，我在自己的世界裡，可以活得很好。

還沒走到辦公室，朱威突然從我後方跑到我面前，擋住了我。

「有事嗎？」我已經可以習慣面對他了。

「我早上拿過去的櫃子裡有這個包裹，原本不知道是誰的，後來在盒子外頭看到妳的名字。」他遞了一個小盒子給我。

我一看到那個盒子，整個人都石化了。我動彈不得，甚至不想呼吸，我完全忘記江晉航還有這個東西在我這裡。那個有七級震度加五種震法的情趣用品，就這麼從朱威的手交到我手上。

他笑著對我說：「妳怎麼想到要買這個。」

「那不是我的。」因爲太丟臉，我的聲音開始有點顫抖，這句話從我口中說出來不知道有多困難，聽起來一點說服力都沒有。

「好，不是妳的。」他笑著回答，一臉敷衍的樣子，根本打從心底覺得那是我的東西吧。

我氣得很想再反駁些什麼，朱威卻靠到我耳邊，笑著說：「妳眞的變了很多。」這意有所指的語氣，讓我整個人火氣上升到最高點。

我氣得推開他，走回辦公室，從包包裡拿出手機。我現在只想狠狠揍江晉航一頓，都是他害的，某前男友以爲我購買情趣用品，這比誣賴我殺人還要嚴重，看江晉航要怎麼還我清白？

結果這個江晉航居然不接手機，我一遍一遍地重撥，越來越生氣。

「王八蛋。」這次再不接，我就衝回工作室收拾你。

看到我氣呼呼地拿著手機在撥號，吃完飯回到座位的許桂梅和茵茵也一臉疑惑地看著我。

「雨航，發生什麼事了？」許桂梅走到我旁邊問。

您撥的電話目前沒有回應。電話那頭還是這麼回應著我，我用力地按下結束鍵，拿了包包向許桂梅說我要早退，沒有等她答應，我已經跑走了。才剛要踏出辦公室，我又馬上跑回位置拿走桌上那該死的情趣用品，隨即再度離開。

好吧！反正沒有遲到早退過，就讓這些紀錄在一天當中同時發生好了。

搭上計程車，經過二十分鐘車程，一到工作室，我從包包裡拿出卡片刷了之後快步推開門進去，一進門，卻發現只有范天堯在座位上工作，他看到我在這個時間出現，覺得有點訝異，「妳下班了嗎？」

「江晉航呢？」我生氣地問。

他還沒有回答，江晉航就在我後面發出聲音，「幹麼？我去廁所了。妳怎麼這個時候回來？辭職了嗎？還是被炒了……」

沒等他說完，我拿起那個盒子丟到他身上，抓起我的包包就猛揍他，「你以後敢再寄任何東西到我公司你就死定了！你知道我有多丟臉嗎？你知道這個是誰拿給我的嗎？是朱威！他以爲這是我買來要用的……」

老弟邊挨揍邊逃，後來躲到范天堯後面，我乾脆連范天堯也一起揍了，我只能說很抱歉。

范天堯試著要拉住我，但我正失控中，他怎麼可能攔得住。

一聽到朱威的名字，老弟馬上停住，然後驚訝地說：「是妳的初戀情人朱威嗎？」

我用力地點點頭。

「天啊，不會吧！他在妳公司上班？什麼時候的事？妳怎麼都沒有跟我說。」

我用力拉回包包繼續揍他，「我為什麼要跟你說？都是你害的，你告訴我現在要怎麼辦？我拿什麼臉去公司？你這個王八蛋、王八蛋！」

范天堯找到空檔抓住了我的手，江晉航趁這個時候拔腿就跑。我看著他逃跑的樣子大吼，「江晉航你不要跑！你給我過來！」

但我已經看不到他的人影了。

甩開范天堯的箝制，我虛脫地蹲在地上，滿肚子委屈，想哭又哭不出來。他走到一旁撿起那個盒子丟進垃圾桶，然後站在我面前，對我說：「我同情妳的遭遇，但是，妳把我新買的文件架和檯燈都摔壞了，我心算了一下，總共是四千兩百五十八元。」

聽到他這麼一說，我趕緊站起身，看到工作室因為剛才我的失控而變得十分凌亂，椅子倒的倒，文件散落一地，檯燈還掉下來了。我只能說：「范天堯先生，我很抱歉，我會賠償你的。」

「妳本來就要賠的。」他完全不留餘地地對我說。

我嘆了口氣，從皮夾裡拿了五千塊遞給他，但他沒有收，只是轉過身，拿了車鑰匙，自以爲很帥氣地說：「我覺得最好的賠償是親力親爲。」

我跟在他後面猛翻白眼，跟江晉航一樣欠揍的傢伙，早知道剛剛多揍他兩下，我比較不吃虧。

一整個下午，我就跟著他採買東採買西，連不是我弄壞的東西也買了。我沒有付錢，因爲我兩隻手提了一堆他買的東西，沒有辦法拿錢包。還好我平常搬那些文件檔案算是有在訓練，不然手都要斷了。

他把最後選好的檯燈遞給我，「好了，買得差不多了。」

他走在我前面，我兩手各提著將近十公斤的東西，都要重死了，他一個人腳步輕鬆地走在我前面，還把鑰匙圈套在手指上繞著轉，說有多快活就有多快活。

一個不小心，其中一個袋子的提帶斷了，買的筆和一些文具用品掉了出來。我想蹲下來撿，但我滿手都是東西，只能看著那些物品掉了滿地，再看著范天堯自在的背影，整個人火了起來。

我把滿手的東西放在地上，自己蹲下來撿，把散落物一個一個放進別的袋子裡。他發現我沒有跟上，回過頭走了回來，蹲在我面前，跟著我開始撿。

「東西掉了怎麼不說？」他問。

我看了他一眼，沒想到他還好意思這樣說，自己一個人輕輕鬆鬆走在前面，讓我提這麼多東西。虧他看起來大概有一七八．五公分，體格還很不錯，身爲一個大男人，這樣對待女孩子，自己不會害臊嗎？

「不說，不是一個好習慣。」他邊拿起腳邊最後一塊橡皮擦放進袋子裡，然後抬起頭來對我說。

爲什麼我總是覺得他說的話裡有另一種涵義。

我眞的是個不說的人，說了只會被別人看到脆弱，一點幫助也沒有。

但他卻是廢話說得很多。我站起身，開始撿起身旁一袋又一袋的東西往自己的手上掛，提起最後一個袋子時，他看著我問：「需要幫忙提嗎？」

「你覺得呢？」我的聲音實在是冷到無法再冷了。

他接過我手上所有的袋子，然後對我說：「有很多時候不說就是自己吃虧，其實一點也沒有比較強，要學著求救。」

我瞪著他的背影，有一種被看透的感覺，心裡頓時又羞又忍不住想生氣。他說得對，不說就是我吃虧，我從小到大就是不停地吃虧，然後又氣自己爲什麼要吃虧。這個現象在我的人生裡不停地重複循環。

唉！

坐上車後，我以爲要回工作室，沒想到他開到百貨公司，把車停在地下停車場。

「你又要買什麼嗎？」我問。

「妳不需要採購一些用品嗎？妳的行李箱這麼輕，裡面肯定沒放什麼，還是妳可以回家拿？」他爲什麼能讓人又恨又覺得貼心？居然注意到我行李箱的重量，還可以做出判斷。沒錯，那個把我趕出門的老媽的確只放了一些沒用的東西在裡面。

他下了車，我跟著下車，然後對他說了聲謝謝。

他開口之前，我馬上說：「我知道你叫范天堯！」真的很厭倦他有事沒事一直強調自己的名字，很煩。

他豎起大拇指，對我比了個「讚」。

我沒有理他，按了電梯走進去。我有多久沒逛百貨公司了？平常時候都是看DM把要買的東西選好，讓老媽和姊姊逛街時順便幫我買回去，再不然就是網購。

好久沒有聞到百貨公司的味道。

一出電梯，我告訴范天堯，「如果你覺得不方便，可以先去喝點東西，我再過去找你。」

「沒有什麼不方便，除非妳要買內衣褲。」他說。

「那個也需要買。」我只有兩套怎麼夠穿。

他點了點頭，「那就走吧！」說完就逕自往前走。

眞的是聽不懂人話，江晉航數一，他絕對數二。我也不想管他了，反正從以前到現在交往過的男友，每一個都會說要陪我逛街，結果逛二十分鐘就喊累了。

男人嘛，都是這樣的。

當然也有特例，像是熱戀期的時候，可能就會陪女生多逛十分鐘。

先到了我熟悉的服裝品牌，按照我的穿衣習慣，選黑、白、灰、藍絕對不會錯，上班也可以穿。快速挑了幾件喜歡的樣式，拿了我的尺寸就打算到櫃台結帳。沒想到范天堯居然攔住我，遞了一件桃紅色的衣服給我。

我疑惑地看著他。

「妳穿這個顏色更好看。」他一臉不容許我說不的氣勢。

「我不喜歡這個顏色。」太亮了，我覺得很可怕。

「試看看啊，沒試怎麼知道。」他繼續說。

「我沒有穿過這種顏色，我不習慣。」我從以前到現在沒有穿過這麼亮的衣服，好像彩色筆，我無法駕馭。

「我不要。」我看著他說。

「去試看看。」他也看著我說。

我們兩個人的眼神在空中交會，然後產生火花，差點連專櫃都要燒起來了。店員在一旁看到我們的對峙，趕緊過來滅火。

「小姐，這件桃紅針織衫是我們秋冬新款，今天早上剛上架的，妳的皮膚很白，穿起來一定很好看，可以先試穿，喜歡再帶。」專櫃妹妹很可愛又有禮貌地試著緩頰。

看到她這麼有禮貌，我也不好意思拒絕她的好意，拿了范天堯手上的衣服就到試衣間試穿，反正試穿又不一定要買。

快速地換上之後，我出走更衣室，他剛好站在門口，伸手又遞了一件樣式有點浪漫的黑底小碎花短裙給我。

我不解地看著他。

「這件裙子跟這件上衣比較配。」他說。

真的是很管很寬，完全比我老媽沈桂花小姐還要盧上千萬倍。我要脾氣地拿走他手上的裙子，再次進入更衣室，換上裙子再走出來。

專櫃妹妹看到我，開心地走上前來，「小姐，妳穿這樣好好看喔！整個人都變得好年輕好有精神耶。」

我轉過身照了鏡子，我只能說我全身不對勁，很不舒服。太亮的上衣，過短的裙子，這都不是我的 style。

「我真的很不習慣，我先換下來好了。」我一講完，就看到專櫃妹妹一臉很可惜的神情。有這麼嚴重嗎？

在一旁的范天堯雙手環胸看著我，「我還是第一次看到有人不習慣自己好看的樣子。」他的表情真誠到我有點不習慣。

我沒有理他，走回更衣室換好衣服，抱著原來打算要結帳的衣服走到櫃台。專櫃妹妹邊整理衣服邊對我說：「真的不帶嗎？妳穿起來真的很好看耶，感覺起來整個人都不一樣了。我寧願妳買那套，這些不買都沒有關係。」

她說得好像我沒有買會後悔一輩子的樣子，我實在是無法抗拒這樣的表情，把剛換起來的那套衣服也放上櫃台，「一起算吧！」

專櫃妹妹開心地點了點頭，還多送了我一條手帕。

結完帳，他很順手地接過袋子，然後對我說：「人啊，習慣多嘗試沒做過的事，才是最好的習慣。」

這個人眞的很愛講道理耶。

我點了點頭，然後嘗試指使他去幫我買杯咖啡。他會意地笑了笑，說聲沒有問題，於是我利用他去買咖啡的時間快速地買好內衣。我沒有打算讓他干預我內衣要穿什麼顏色什麼樣式，這太奇怪了。

該買的都買好之後，已經下午五點多了。

太久沒有逛街，以致於我全身有點虛脫，坐上車時，我整個人都好像得到救贖般癱在座位上。

半小時後，我們大包小包回到了工作室。江晉航正在辦公桌前工作，一看到是我，馬上起身走過來接過我手上的東西，「很重吧，我幫妳拿就好了。」

接著他又馬上去倒了一杯水給我，「休息一下，剛剛去逛街了嗎？買了什麼？」一副想要假裝沒有事一樣。

我沒有理他，拿起我自己買的東西提回房間，我怕再多看他一秒又會想要揍他。

回到房間，我把自己該整理的東西整理好，洗了個澡，躺在床上又默默地睡著了。

不知道睡了多久，我迷迷糊糊地醒了過來，拿起手機看一下時間，是已經晚上十點半了。這兩天的轉變太多，連生活作息都變了樣。不知道老爸和老媽怎麼樣了，我按下熟悉的號碼撥給老媽，手機轉進語音信箱，撥家裡電話也沒有人接。我開始擔心老媽，不知道她會不會做傻事，雖然她很樂觀，但是當女人很愛很愛另一個人的時候，再怎麼樂觀都會不知不覺變悲觀。

接著我撥電話給老爸，聽到老爸的聲音，心裡才踏實許多。「爸，你有好好吃飯嗎？」我說。

「我一向比妳會好好吃飯的，住在弟弟那個工作室裡還習慣嗎？」老爸的精神似乎不錯。

「嗯，就那樣啊！爸，你有沒有打電話給媽？」

老爸在電話那頭嘆了一口氣，「她手機都打不通，家裡電話也沒有接。我打過電話給她的牌友，她們說妳媽很好，只是還在氣我。」

「爸，你不要想太多了，媽很快就會氣消了，這段時間你就當作回到單身，多陪陪叔叔，也去找劉伯伯他們一起吃個飯啊。」我安慰著老爸。

「我也是這樣想的。我們幾個老朋友約好明天要去爬十八尖山，上次跟妳叔叔一起爬山是二十幾年前的事了。那時候妳還小，只帶了姊姊去，結果姊姊爬到一半就哭著說不爬，是我把她背上去的。」老爸語帶笑意地回想過去。我突然覺得這樣也不錯，老爸老媽結了婚之後都沒了自己的時間，一心爲彼此的生活努力，還要照顧我們這些小孩，現在是該好好放鬆一下的時候了。

「爬山要小心喔！你要是無聊沒事做的話，隨時可以打電話給我。」我笑著說，接著和老爸互道了晚安。

老爸或許會無聊，但其實最寂寞的人是我。

我看著這個不屬我的房間，也許，將來我就是自己一個人待在這樣一個小小的地方，想著那些過去與曾經，然後慢慢老去。

我可以嗎？我做得到嗎？想著想著，胸口又悶了。

我嘆了一口氣，下了床，想離開房間，離開這些思緒。一打開房門，就看到范天堯還坐在電腦前敲敲打打。

「已經很晚了，你不下班嗎？」我問。

他抬起頭看著我說：「自己的工作室，沒有上下班這種事。」

我指著江晉航空著的位置說：「那他呢？我看他根本沒有在上班，不然你不要跟他合夥了，叫他回家吃自己。」想到那個情趣用品我就有氣。

范天堯笑了笑，「沒辦法，你弟太強，我不能沒有他，更何況他愛玩是愛玩，從來不會耽誤工作，所以這一點我不擔心。」

我對他說的每一字每一句都嗤之以鼻，那不是我弟。

「妳剛睡醒嗎？要不要一起去吃東西？」他問。

我點了點頭，「好啊，一起去吃總比吃你吃剩的好。」我平常眞的不會這麼沒禮貌的，只是，要對付他，我可不能太善良。

他笑著關掉了電腦。

一上車，我打開錢包，拿了今天該賠的錢給他，我今天一直都沒有機會付錢。但他竟然拒絕收，「爲了補償妳今天的創傷，這筆錢我會從你弟的分紅扣。」

「你很英明。」我忍不住讚嘆。

「所以晚上換妳請我。」要邀功坑我嗎？

我豪氣地點了點頭，「ＯＫ，地點我選。」

他也很帥氣地答應。

於是我們來到路邊攤吃大腸麵線加滷菜。看他邊吃邊笑，我很疑惑地問他，「你是被點了笑穴嗎？」

「妳和晉航眞的很像，他上次請我吃的是滷肉飯。」

「不要侮辱我，我不想跟他像。」我吃了一口海帶，還沒吞進去就馬上抗議。

「可是晉航很想跟妳像。」他突然這樣說。

我停下筷子，看著他，不懂他的意思。

「我大四時，是因爲在圖書館搶位置認識晉航的，搶著搶著到後來就變成朋友了。我看他這麼認眞，很好奇地問他是想要拚獎學金嗎？他說：『不是，我想贏我二姊。』他一直覺得妳很酷。」范天堯說的每一句話都新奇得讓我以爲我到了另一個世界。

「他說……二姊嗎？他從來沒有叫過我二姊。」

「他在我面前最常說的話，就是我二姊怎樣又怎樣。什麼『我二姊從小就陪我挨揍，從來不說第二句話』，『我二姊很獨立，她國小二年級就會自己搭公車上學』，『我二姊學東西很快，她想考什麼執照都考得上』，『我二姊很堅持，爲了喝飲料參加抽獎活動，她每天都喝，還會去垃圾桶附近找飲料瓶，後來我家第一台電腦就是她抽中的』，『我二姊毛筆字寫得很好，我家春聯都是她寫的』。他說的事可多了。」范天堯說著。

我越聽鼻頭越酸，這些事晉航從來沒有跟我說過，平常都只會跟我頂嘴找我麻煩，沒想到我在他心目中還有另外這一面。

「拜託妳不要現在哭，我會吃不下。」范天堯話峰一轉，感人的氣氛像妖怪被打回原形後瞬間魂飛魄散。眞的是有什麼學弟就有什麼學長。

我吸吸鼻子，假裝平靜地挾了一顆滷蛋給他，「我不會哭，你吃飽一點。」

「是不是很開心啊？」他又開始得寸進尺，一臉小人得志的樣子。

我懶得理他，繼續吃著麵，但內心不得不承認我眞的很開心。我一直覺得自己是一個很普通的人，做著普通的事，過著普通的日子，甚至因爲不上不下的工作和失敗的愛情，我不停地否定自己。

沒有想到，我在老弟的眼中竟還有這麼多優點，我嘴角上揚著把晚餐吃光光了。

心情很好地付了錢，上了車，決定明天開始不會再揍江晉航了。

范天堯在工作室附近的便利商店外把車暫停，轉過身對我說：「我下去買些吃的放在工作室，不然工作到一半經常很懶得再出去吃飯。」

「我一起去好了，我還滿想吃冰淇淋的。」於是我也下了車，跟著走進便利商店，來到冰櫃前，想著要吃什麼冰。

我打開冰櫃拿了哈密瓜口味的冰棒，後面傳來一道聲音，「妳還是喜歡哈密瓜。」

我轉過身，朱威的臉閃進我眼裡。

盡量逼自己不去想那個情趣用品的事，我很鎮定地對朱威點頭打招呼。既然晉航覺得二姊很酷，那她二姊怎麼可以在初戀男友面前變得很弱。

「好巧。」我說。

「是啊！真的很巧，妳家好像不是在這個方向，怎麼會來這裡？」他問。

我才剛開口要回答，范天堯正好走到我旁邊說：「妳的冰挑好了嗎？我要結帳了。」他看著我手裡只拿著一支冰棒，又繼續問：「只拿一支夠嗎？要不要再多拿幾支回去放在冰箱？」

我不知道該先回答誰的問題，看了看范天堯又看了看朱威，朱威的眼神一直落在范天堯身上，范天堯發現我的眼神，也抬起頭看著站在我前面的朱威。

這感覺有點奇怪。

朱威先開口了，「原來是跟朋友一起啊！」

我點了點頭，然後說：「嗯。」

「那明天公司見。」他說完之後便離開了。

范天堯拿走我手上的冰，再從冰櫃裡多拿了幾支一樣的，就走到櫃台結帳了。結完帳，他從袋子裡抽出我的哈密瓜冰遞給我。

我在車上吃著冰，哈密瓜香香甜甜的，又涼爽又舒服。

「女生不要吃太多冰的。」他邊開車邊唸。

我隨便敷衍了一下，「嗯。」然後再拆開第二支。

范天堯這個人管這麼寬，原本以爲他會問我朱威是誰，但他沒有問，在車上沒有問，回到工作室之後也沒有問。他把買的東西都歸位，叫我早點休息，人就先離開了。

算了，他本來就沒有必要知道朱威是誰。

我躺在床上翻來覆去，怎樣都睡不著，可能是今天下午睡太多，現在完全沒有睡意。我拿起手機玩著遊戲，突然來了一封簡訊。

簡訊裡寫著，「我失眠了，想聽妳唱歌。」

陌生的號碼，卻是熟悉的一句話。以前朱威要是睡不著，都會打電話來叫我唱歌給他聽。不是我唱得多動聽多悅耳，而是我這個音痴一唱，會把他的失眠蟲全嚇跑，很快就能安然入睡。

我看著螢幕上面的字，百感交集。

我不意外朱威有我的手機號碼，公司的員工通訊錄都有，我只是不懂現在他到底想要幹什麼，爲什麼在半夜一點半傳這樣的簡訊給交往過的對象。

或許他也覺得寂寞吧！

到了我這個年紀，人對愛情會變得被動，我們不再因爲想要愛而去愛，而是因爲不想寂寞，只好去愛。愛變成消解孤單的慰藉，我們理直氣壯地說愛，其實只是不想寂寞而已。

第五章
單身的人，會體會到單身的副作用。

我沒有回覆那個簡訊。

朱威是往日的一段回憶，看著他，總會想起過去發生的那些曾經和那些心動。我會想起過去喜歡他的那個我，再想想現在的他，感覺實在有一點複雜。第一次重逢時看到他，我會感到不知所措，其實只是不知道怎麼面對從前喜歡過他的自己。

然後，過去與現在重疊，過去的感覺，其實也就是這樣淡了。

是的，就算他覺得情趣用品是我買的那又如何？誰說女人不能用那種東西？誰說的？叫他出來跟我講！

好吧，我又再一次成功地說服自己。人生那麼多難關，如果不適當地安慰自己，那該怎麼過？

失眠的我，反而在看完那封簡訊後就睡著了。

隔天一到公司，我發現該處理的工作完全沒有進度，我桌上依然維持和昨天一樣的狀況。看到這種情形我有點無力，一個資深上司不工作，一個新來的助理也不工作，大家都不工作，那我也不要工作了啊！

但是我做不到。

我左邊的許桂梅依舊拿著分機電話聊八卦當工作，她今天談論的對象是工程繪圖師，聽說他借了不少高利貸去賭博，還向公司預借了四個月的薪水。右邊的茵茵則依舊專注在她的自拍，我眞的很佩服她，每次自拍的表情都不一樣，拍到滿意了，她就先把照片上傳到ＦＢ打卡，再用電腦和朋友聊天。

她們都笑得很開心，我則是工作得「非常開心」。

我工作到連中午都沒有時間下去員工餐廳吃飯，由此可知我有多「樂在工作」。午休時間，辦公室只剩下我一個人，以及鍵盤敲敲打打的聲音。

「爲什麼不去吃飯？」朱威的聲音在我旁邊響起。

我停頓了一下，「工作還沒有做完。」

他拉了茵茵的椅子坐到我旁邊，遞了一個巧克力可頌到我面前，「妳最喜歡的巧克力可頌。」

我聞到巧克力的味道，想起了那個謊言。其實我一點都不喜歡吃巧克力，更不喜歡吃麵包，是他喜歡。以前，學校附近有一間麵包店，老闆體恤學生食量大但零用錢有限，都會在打烊前來個買一送一的活動，他就喜歡拖著我去買。

那家店裡的巧克力可頌是賣得最不好的商品，所以每次打烊時都剩特別多，另外還會有什麼巧克力夾心之類的麵包。比起來，可頌裡的巧克力分量最少，所以我只好每次都選巧克力可頌。

愛的體貼，其實需要一點點謊言。

「我現在不喜歡吃麵包了。」我說。

他嘆了一口氣，把麵包放在我桌上，「雨航，就算妳把我當同事，也不需要這麼冷漠吧。」

我對同事一向如此，瓜葛越少越好，不靠向任何一個派系小團體更好，這樣才可以長長久久，像我這麼「九」。

「我在公司都是這樣的。」我隨口回答，眼睛還是放在計畫書上。奇怪，這個估價單的價格好像不對。

「昨天跟妳一起的，是男朋友嗎？」他緩緩地問。

范天堯？男朋友？

我想到范天堯的愛講道理，還有某些莫名其妙的堅持。行爲舉止乍看不貼心，其實又有點貼心。自從我被趕出門之後，江惠航在哪裡？不是說跟婆婆不合才一天到晚跑回娘家嗎？剛好這兩天特別合就是了，沒有打過一通電話關心我這個妹妹流浪到哪裡去。再說說看那個江晉航在幹麼？他有關心我這個姊姊有沒有吃飯嗎？我流浪後的第一餐還是范天堯吃剩包回來給我的。

這幾天，其實我很謝謝他如此照顧我。

但，我們……「只是朋友。」我說。

「是很好的朋友？」朱威再度提出問題。

一個當初沒有給我任何理由就拋棄我的人，現在一直質問我的感情狀態，這個人難道不是太有事了嗎？到底有什麼資格和立場？

「我不習慣跟公司同事交代我的交友狀況。」我冷冷地說，繼續工作。

「妳是不是還在氣我當初說分手的事。」

他一說完，我停下了動作，反覆想著他說的這句話。生氣嗎？分手的時候的確很生氣，我每天都生氣地搥枕頭，至少持續了六個月。時間一長，反倒不再生氣，而是疑惑，會想知道答案。

可是，談過幾次戀愛之後就會明白，分手的答案永遠只有一個。

那就是：不愛了，不想堅持了。

我轉過頭看著他，「早上買早餐的時候，我摸了早餐店老闆養的狗，被狗咬了一口。今天才發生的事我都不生氣了，幾年前的事我爲什麼要生氣呢？」

他看著我，一句話都說不出口，最後起身離開。

我從來不知道自己講話可以如此不留餘地，字字傷人，感謝前男友們的各項啓發。

朱威起身五秒後，換茵茵開口了，「雨航姊，他是哪個部門的啊？找妳有事啊？」然後拿起桌上的巧克力可頌，「哇！這是愛心午餐嗎？那個人想追妳嗎？」她一臉好奇地問。

在一旁的許桂梅也吃完了飯回到位置上。一聽到茵茵的話，她馬上反駁，「怎麼可能，我們雨航在公司那麼久，都沒有半個男同事追她。」說完還笑了好幾聲。

其實我該感謝公司的眾多女性前輩，讓我知道談辦公室戀情是條不歸路，那些沸沸揚揚的傳言和八卦不知道拆散了多少對情侶，結果辭職的辭職，換公司的換公司。

瘋了才在這裡談戀愛。

茵茵在一旁嘀咕，「我看沒人追的是妳吧！」

許桂梅敏感地說：「妳說什麼再說一次！」

然後她們又開始一人一句在我耳邊大吼大叫。我站起身，拿著巧克力可頌走到檔案管理室，我把麵包遞給管理員雄叔，他戒菸後喜歡吃甜的。看到他開心地收下，我也覺得很滿足。

打算到茶水間吃個泡麵，卻又在門口遇到朱威。我看著他，他看著我，想到剛剛的不歡而散，我感覺有點尷尬。

我轉身想走，他叫住了我，「也許妳已經不是過去的雨航，但是再見到妳，我又變成過去的那個朱威了。」

我只想問：你在寫詩啊？

如果是大學時，我可能已經流下感動的淚水，並且回頭撲向他來個浪漫的擁吻。可是我三十一歲了，我要學會保護我自己，一個男人若輕易地放棄妳一次，他再放棄妳的機率是百分之八十。即便這是雜誌上莫名其妙不知道怎麼來的統計數字，不管準不準確，我都不認爲自己會是幸運的那百分之二十。

會想要快點變老最大的原因，是我不想再讓我的人生冒險了。

回到辦公室，我的左右護法，呃，是互吵，已經停戰在做她們自己的工作——沒有意外的講電話跟自拍。我也只能回到我的工作，完成四份待完成的投標計畫書。

我做完工作時，已經晚上十點半了。別以爲我是公司最後走的人，事實上，像我們這種採責任制的公司，這時間還有一半以上的員工在加班。公司給的保障，就是大大的責任，少少的薪水，大家都一樣，所以我也習慣了。

想到回工作室那邊買食物不方便，於是就在路上找家店隨便吃一吃。等我刷卡進到屋子時已經將近十二點了，但我看到范天堯還在，他居然還沒回家。

「你是工作狂嗎？」他埋在一堆文件當中，十分認眞的樣子。

他抬起頭來看了我一眼，再看了一眼牆上投影時鐘，「妳今天回來得有點晚。」

我把包包和保全卡丟在桌上，到茶水間倒了兩杯水，一杯給他，「工作很多，做不完，只好加班。」我說。

「工作做不完，該不會是妳能力太差吧！」他問。

我差點沒把我喝的水吐向他，「我沒有忘記你上次告訴我的，晉航明明就跟你說過我這個二姊多有能力。」

他笑了笑，「那爲什麼工作會做不完？」

「我一個人要做兩個人……不！是三個人的工作。」想到今天下午那兩個人又爲了櫃台小姐失戀的事開戰，眞的很想問問別人的事到底和她們有什麼關係？人爲什麼要白費力氣去評論或是審判別人的事，那又不是你的人生。

他放下手上的文件，「爲什麼？」

我稍微描述了一下今天發生的狀況，「反正就是這樣，沒人要做，你只好撿起來做，不然怎麼辦？」

「那你們公司有很大的問題啊！」他說。

我很用力地點了點頭，「沒錯！」難得他跟我想法一致。

「但聽晉航說這份工作妳做了九年。在這種有問題的公司做這麼久，妳的問題也不少啊！」范天堯挑了挑眉，我讀不出他的表情。

我看著他，一句話都說不出來，因爲句句到位。

他接著又說：「覺得不好，爲什麼不離職？」

「我每天都想離職，但我不知道離職之後要做什麼。」我說。

他站起身，隨手整理起桌上的文件，抬起頭來對我說：「也許，這輩子我們可能都不會知道自己想要什麼，但我們應該知道自己不要什麼。如果已經知道自己不要什麼，還一直抱著自己不要的東西，那麼絕對比不知道自己要什麼的人來得可憐。」

現在是在說我很可憐嗎？

我生氣地反駁，「有時候是一種無可奈何，這個世界誰不需要討生活？」

他把文件都放進包包，拿起鑰匙，收好椅子。「這個世界每個人都需要討生活，有些人一個月打個零工，他賺到自由，他很快樂。有些人一個月打好幾份工，他在儲存夢想，他很快樂。妳做的這份工作，讓妳看起來一點都不快樂。」

我的不快樂有這麼明顯嗎？

「其實沒有什麼無可奈何，不過就是妳在逃避。如果不堅持找尋夢想，就沒有資格說自己委屈。」開門前，他轉身對我說了這句話。

他的表情很欠揍。

我很想拿椅子砸向他，不能接受他爲什麼可以每字每句都說中我的要害，讓我一句話也回答不出來。我很想指著他的鼻子大聲吼他，警告他不懂就不要亂說。

但我心虛，我做不到，因爲他講的都是對的，每一句都是對的。我就是那樣子逃避的人，明明很不喜歡這份工作，卻硬是做了九年，年紀小的時候，覺得還有時間慢慢想自己要做什麼，直到年紀越來越大，開始害怕競爭、害怕改變，就這樣放著。

因爲是自己的事，所以我比誰都還要清楚。

但是自己清楚和被人看穿是兩回事，比起被拆穿的惱怒，我更覺得丟臉。

我沒有進房門，而是拿著包包離開了工作室。

讓別人看出自己的不快樂，是自己太弱。爲了這個太弱的自己，我有藉口借酒澆愁，所以我用走的，花二十分鐘走到最近的便利商店，買了一打啤酒和一包小魚乾，再走回工作室。

今夜我想喝醉。

沒想到，回到工作室，卻發現保全卡不見了，我把包包裡的東西全翻出來也找不到。我整個人虛脫地蹲在門口，覺得全世界都在開我玩笑。

然後我用髒話問候了這個世界，打了電話給老弟，一連打了四通他才接起來，於是我情不自禁用髒話問候他。

「江雨航，妳幹麼火氣那麼大？」他的聲音聽起來像是正在睡覺被我吵醒了一樣。

也對，現在都凌晨一點半了，該睡的都睡了，只有我一個人無家可歸。那我怎麼能夠讓我弟弟好睡呢？骨肉手足同甘共苦不是應該的嗎？

「來幫我開門。」我說。

「現在?」他嚇了一跳。

「快一點!」我眞的很想進門,雖然我平常沒有做什麼壞事,但這個時間,這偏遠的社區整條街只有我一個人在外面,我還是會怕的。

「我超想睡,我叫學長去幫妳開啦!」還說我如果單身一輩子要他養我,現在就靠不住了,我還指望以後嗎?

我生氣地跟他說:「不要!你馬上來開門,你、來、開!」就是因爲范天堯我才心情不好的,我現在沒有想再看到他的意思。

話一說完,我只聽到「嘟嘟嘟」的聲音,江晉航居然掛我電話!

我氣得再撥,他完全不接。我不停撥到手機都快沒電了,最後只好放棄。

地球就算暖化,它還是圓的,除非江晉航跟我脫離關係,從今以後都不回家,只要我是他二姊的一天,我一定會找機會教訓他。再讓他好好對我說一聲:二姊,我錯了。

我坐在大門外的長椅上,開了瓶啤酒喝。其實我一點都不喜歡喝酒,只是不知道怎麼排解情緒,學別人的而已。老媽常說我盡學些沒用的東西,學英文、韓文、日文幹麼?也沒交過半個外國男朋友。練書法要幹麼?現在都電腦打字了。學烏克麗麗要幹麼?出國比賽嗎?

想想，老媽說的也對。我連喝酒這種沒用的事也在學，忍不住笑了笑自己，又喝了幾口，接著開始有點頭暈。

我知道我會醉，就像前幾次失戀一樣，喝沒幾口就會睡著了。

這次當然也不例外，我又睡著了，但醒來時我卻發現自己躺在房間，一覺睡到下午兩點多，口中呼吸的氣息還有很重的酒味。人老了，代謝差了。

我嘆了口氣，勉強起了身，算江晉航有良心，還把我扶進來睡覺。好吧！昨天說要教訓他的這件事我收回。

還好今天是假日，要是我今天再曠職，九年來最佳員工的形象就完全毀壞了。

刷牙洗臉後，我打算出門去覓食。一開門，就看到江晉航和范天堯兩個人很認真在討論工作。

老弟一看到我就開始唸，「妳真的很會睡，明明知道自己不會喝酒還要喝，沒有保全卡還敢直接坐在門口喝，也不怕出事，妳是腦袋有洞嗎？」

我瞪了他一眼，不自覺地看向范天堯，他的眼神專注看著文件，沒有抬頭。

老弟從皮包裡拿出一張保全卡遞到我手上，「這是新的，保全系統全部更新過，不要再弄丟了，妳再這樣亂喝酒，我一定會跟老媽講。」

我耍脾氣地接過來，「可以不要再一直唸了嗎？下次不會叫你來開門了。」

「門又不是我來開的，是學長開的。他昨天都沒有回家耶，妳都不會覺得不好意思嗎？我這個身爲弟弟的都替妳不好意思了。」老弟講的話狠狠地敲了我腦袋一記。

我看著范天堯，驚訝地說：「是你把我抱進來的？」

他的視線從手上的文件移開，抬起頭，一臉不認同的表情，「妳那麼重，我抱不起來，是拖進來的。」

喂！這個人講話一定要這麼欠揍嗎？

「謝謝。」我幾乎是咬牙切齒地說。

他眉頭又是一皺。

「謝謝你，范天堯先生。」全世界都知道你叫范天堯了好嗎！

我轉過身，氣自己爲什麼總是在他面前這麼狼狽。先是無家可歸，再來被他看到我發狂打江晉航，接下來又因爲工作的事情被他訓了一頓，好吧！現在連不會喝酒的糗態都讓他給看光了。

我需要冷靜一下，我要去喝點水。

老弟看著我的背影，「江雨航，茶水間有小籠包，學長剛剛買回來的，妳先去吃！」

誰要吃！

我喝完水，準備回房間再繼續睡一下，希望這幾天發生的事情只是一場夢，當我醒來時，我就在自己的房間裡，躺在我自己的床上翻滾。

要進房間時，范天堯走到我面前，遞出一個牛皮紙袋要給我。我疑惑地看著他，「幹麼？」

他沒有說話，把牛皮紙袋又往前遞了一點，我們有一點僵持。

幾秒過後，我惱怒地拿走他手上的紙袋，轉身走進房間時，他又在我後頭小聲地說：「搥枕頭發洩其實不是什麼好習慣，手會很容易扭傷。」

我身體一僵，這個他也知道？聽到他走回座位的聲音，我馬上踏進房間，關上門，把牛皮紙袋一丟，整個人撲向床上。才想舉起手的時候，我就停住了。不是因爲我怕手受傷，而是又被看穿的這件事，再一次狠狠傷了我的自尊心。

我只好拿起枕頭往自己頭上敲。

我需要慰藉，拿起床邊手機，先是打給老媽，但她的手機依然轉進語音信箱，家裡也依然沒有人接電話。我再打給老媽最好的朋友阿珠姨，同樣轉進語音信箱，只好再打到隔壁鄰居陳媽媽家。

陳媽媽說：「妳媽沒跟妳說嗎？她跟阿珠去歐洲背包旅行啦！」

我整個人愣在原地，努力消化陳媽媽的話。我們家沈桂花小姐，連智慧型手機都不太會用的人，居然去背包旅行，還去歐洲！

我恢復鎮定之後馬上再打給老爸，但他那裡收訊不好，「爸，你有聽到嗎？」我幾乎是用吼的。

「雨航啊！老爸現在沒空，我在跟朋友唱歌，晚一點打給回妳電話啊！」然後電話那頭就只剩下嘟嘟聲。

什麼啊？這世界！

我氣餒地放下手機，眼神瞄到剛剛范天堯給我的牛皮紙袋，站起身走到床邊把它撿了起來，然後把裡面的東西拿出來。是一本書，上面寫著「你一定要認識的世界職業圖畫」，是的，就是一本圖畫書，給小朋友看的那種。

因爲上面寫了，「本書收錄三百多種職業介紹，包含國內外常見的職業及特殊職業，一次滿足孩子對未來職場的好奇心。」

書中夾了一張紙條，上面寫著，「有時候，人生的路是需要用找的。」

我看著這本書，百感交集，有點感動也有點感傷，過去三十一年的日子，我的人生到底走過了哪些路？到底是在哪一個路口迷失了方向？因爲不想走了，對自己失去了信心，所以才盼望自己快點老去。

我到底爲我自己做了些什麼？

過了好久，我才有勇氣把書打開。我拿起筆，在看完的職業上面打上自己所想的分數。

一整個下午，我很努力地想幫自己的人生找出一條新的路，我第一次打從心底想謝謝范天堯。

這幾天，他眞的讓我又愛又恨。

愛？對他用到這個字讓我驚慌失措，可能是我詞窮了，我想。

「江雨航，妳要不要出來，一起去吃飯。已經七點多了，妳一整天沒吃東西，是想要歸西嗎？」老弟敲著我的門大喊。

我拉回自己的思緒，放下書，走過去開了門，對著站在門外的老弟說：「要歸西我也會拉你一起去。」

「妳眞的很沒良心，我要帶妳去吃好吃的，妳還這樣說……」

「我換個衣服。」沒等他說完，我直接關上門。

再出來的時候，我看到老弟旁邊站了一個很清秀的女生，一頭長直髮，眼睛圓圓的，個子小小的，穿著一套藍底白花的洋裝，氣質很好。

「江雨航，這是小琪，我女朋友。小琪，這是我二、二姊。」看他那二姊講得多心不甘情不願。

說眞的，這女生跟老弟以往交往過的女友不太一樣，老弟向來口味偏重，臉蛋要美、胸部要大，還要腿長，並且打扮清涼。先前他對象一個換過一個，後來老媽受不了，禁止他再帶這些過客回家。

「二姊，妳好，我是小琪。」聲音眞好聽。

我給了小琪一個微笑，「妳好，謝謝妳最近收留我弟。」

小琪也笑了笑，「正打算趕他出去呢。」

「我還在這裡，要講我壞話可以等我不在的時候嗎？缺德！」老弟很不滿地說，接著轉過頭去，「學長，走吧！」

范天堯停下筆，站起身，從椅背拿了外套走過來。

我不知道他也要一起去吃飯，我沒有心理準備。他站在我旁邊，我們互看了一眼，我緩緩別過頭去，覺得有點尷尬。老弟又接著說：「對了，今天假日，你要不要順便約以珊姊？」

「嗯，我撥個電話給她。」范天堯走到一旁去講電話。我看見他講電話的表情很溫柔，還帶著淺淺的微笑，不知道為什麼，我竟然覺得有點不舒服。我回過頭看往別處，想要平撫一下這奇怪的感覺。

老弟站在旁邊跟小琪說：「以珊姊是學長的女朋友，是個律師，長得很漂亮，他們還是青梅竹馬，從小就認識，我想可能快結婚了吧！」

我心裡沒來由地冒出一股煩悶，不想再聽下去，於是快步走出工作室。站在門口，風吹來掉下了幾片葉子，葉子落在路面上，順著風向翻滾，飄出了我的視線。

我想，心裡的那份惆悵，應該是因為我想家了。

本來想以身體不太舒服為理由，婉拒江晉航要我一起去吃飯的提議，但被范天堯以「整天都沒吃東西才會不舒服」的回應所反駁。老弟也催促我快上車，我只好硬著頭皮坐進車裡。

到了餐廳，沒多久後，一個打扮非常入時，頂著俐落短髮，走起路來非常有自信的女人來到了我們的餐桌旁。

「不好意思，久等了。」她的聲音不像外表那麼幹練，反而軟軟嫩嫩的。

范天堯給了她一個微笑，接著站起身接過她的包包，再幫她拉開椅子，表現十足的紳士。

老弟也笑了笑，「等再久也沒有關係，妳可是我們工作室的法律顧問耶。」

她露出微笑，發現了我的存在，對著老弟問：「這位該不會就是你老掛在口中的二姊吧！」

「我哪有常常掛在口中！她不足我掛齒好嗎？」江晉航嫌命太長地抗議著。

「嗨，我是劉以珊。」她拉開笑容，熱情大方地和我打了招呼，接著對我伸出手。

「妳好，我是江雨航。」我也伸出手回握。

一對情侶坐在我的左邊，一對情侶坐在我的右邊，我好像家長一樣。在公司被左右夾攻已經很難過了，我眞的不懂爲什麼連吃個飯也要被這樣左右夾著，眼神不知道該放在哪裡。

只能看著情侶們各聊各的，我好像桌上的那座檯燈，無聲地照耀著他們，也像桌旁的花瓶一樣，只是個可有可無的點綴。

我這個單身的人到底爲什麼要跟兩對情侶出來吃飯？根本就是慢性自殺。

席間，我不經意地就會把眼神停留在范天堯的表情上，他和劉以珊說話的眼神特別溫柔、特別認眞，劉以珊對他笑得像個孩子一樣，畫面美到我有點想哭。

接下來，四個人聊到工作的事，聊得非常熱烈，我連一句話都插不上。他們講到目前在開發一個新的 app，是爲單身族群設計的，比如餐廳會提供單人套餐，飯店提供單人套房，電影院提供單人套票，都是單人的特惠活動，旅行社再提供單身背包旅行的機票特惠，因爲他們都說單身經濟現在最夯，尤其是針對單身女人。

「尤其是針對單身女人」這句話狠狠刺了我的臉一下，有點痛，但我又不敢抬起手摸臉，怕被發現。

老弟看著我說：「江雨航，這是專門爲妳設計耶的，反正妳不是打算單身一輩子嗎？妳說我這個當弟弟的是不是很貼心。」

貼心的話，爲什麼要在那麼多人面前提起這件事？

劉以珊露出不可思議的表情，「雨航，妳爲什麼要單身？妳看起來條件很不錯啊！找不到喜歡的人嗎？我一堆律師朋友沒有結婚也沒有女朋友，要不要幫妳介紹？」

江晉航簡直是我的代言人，「她就對愛情沒信心啊！寧願自己過一輩子也不想再談戀愛，我老媽也是常唸她。」

我真的很想把桌上的一壺香片灌進他的嘴巴，但我忍住了，我媽為什麼生了那麼多眼白給他？

「單身如果快樂，單身一輩子也不錯啊！」坐在我身旁的小琪微笑看著我說。

單身快樂嗎？現在單身的我快樂嗎？其實我自己也不知道。

「單身怎麼可能會快樂，自己一個人吃飯看起來很孤單，也很可憐。」劉以珊很直率爽朗地說。

決定單身一輩子的人心臟要特別強，要能受得了各種蜚短流長。

「不如今天就直接來相親吧！雨航，妳跟我說說妳喜歡的類型，最近一個律師朋友剛好失戀了，他人非常 nice，只是因為工作太忙，女朋友不能接受，所以前一陣子分手了。我覺得你們兩個應該滿合得來的，要不要我現在叫他過來？」我真的是無法抵擋劉以珊的熱情。

這場飯局菜都還沒上我已經飽到喉嚨。

「不用了，順其自然就好了。」我拒絕。不經意地瞄到范天堯，他也正看著我。我緩緩低下頭，桌上的手機突然開始震動，看著來電號碼，有一點印象，接著想起是朱威的電話號碼，我按下了拒接。

但他不放棄地繼續讓我的手機在桌上震動著。

「誰啊！幹麼不接聽？」老弟問我。

我搖了搖頭，不想回答。

「還是我幫妳接？」

「不用了，我出去外面接一下。」我起身，拿了電話走出餐廳。

我拔掉手機的電池，深深呼吸了一口氣後，再緩緩走回餐桌旁，帶著微笑說：「不好意思，我朋友找我有事，我可能要先離開了。」

「妳哪個朋友？妳不是沒什麼朋友嗎？」江晉航一臉疑惑地問。

我瞪了他一下，然後拿起放在椅子上的包包，跟大家說：「有機會下次再一起吃飯吧！再見。」我露出可惜的表情。

不想多停留一秒，我轉身再次走出餐廳，深深覺得自己應該可以入圍一下金馬獎之類的。

不知道是今天的情侶特別多，還是我一直注意著那些成雙成對的人，我今天感到特別孤單，甚至感到有一點點無助。我想，如果我真的要單身一輩子，那就必須要習慣這些所謂「單身的副作用。」

我走進便利商店，比起空虛的心，我更想填滿我空虛的胃。我走進便利商店，看過一輪架上的食物和各式便當、三明治後，我又走出便利商店。平常已經吃太多這些東西了，早就沒有胃口。

我坐在路旁的椅子上，第一次覺得原來單身如此難受。

第六章
單身的人，習慣和自己對話。

自從知道范天堯有女朋友，我就不太願意看到他，或者應該說我有了某些自覺，所以明白要保持一些距離。畢竟，當你在意一個人太多時，其實就是有了某種程度的喜歡，愛過那麼多回，我們自己都很清楚。

如果不是喜歡，爲什麼要在意？

我比自己想的還要在意他，也更在意他有女朋友。

於是我盡量讓自己回到原本的生活，上班賺生活費，上課消磨時間。有時下班回工作室范天堯還在，有時范天堯和江晉航都在，但我一回去就會關在房間裡，不管誰叫我，不出房門就是不出房門。

無聊的時侯就自己和自己講話，因爲單身的人最好的伴侶就是自己。

拿著范天堯給我的職業百科童書，試著找尋我的夢想。

珠寶鑑定師？三十五分，我對石頭沒興趣，也不喜歡戴太多飾品在身上。資產管理師？五十九分，我比較希望我可以有錢到讓人家來幫我管理財產。生命科學家？零分，這種大事要交給會成大事的人去做。

接下來……

「學長，要和以珊姊去約會啊！」我聽到門外的老弟正對著范天堯說。

范天堯說什麼我聽不清楚，後來只聽到自動門上的鈴鐺響了一下，應該是他離開，嗯……約會去了。

三秒後。

「江雨航！妳老是關在房間幹麼？」老弟在我門外喊著。

我沒有理他，繼續看著我的書。

「出來幫我煮個泡麵加蛋啦！我好餓，都十點多了，我還沒有吃晚餐耶。」江晉航有先天性的瓦斯爐懼怕症，他只要一聽到開瓦斯爐的聲音就會全身不舒服，自己也不敢開，所以他完全不會煮東西，後來學會用電磁爐也算是改善了一點。

但工作室只有那種吃小火鍋用的卡式瓦斯爐。

身為姊姊，總抗拒不了自己體內不由自主要照顧弟弟妹妹的天性，再加上范天堯也離開工作室了，我不用擔心要面對他。於是我把書和手機一起帶了出來，「都十點了，你可以下班去吃東西，幹麼一定要我煮泡麵給你吃？」

「因爲我想念妳的手藝，六點八分熟的蛋。」他裝可憐地說。

不想聽他廢話太多，走到茶水間幫他煮了一碗泡麵，再端出來給他。他馬上丟下他最愛的電腦，端起泡麵猛吃。我隔著桌子坐在他對面，拿著書繼續看。

他一看到書的封面就大笑，「妳都幾歲了，還買小朋友的書在看，都不會不好意思喔！」

我瞪了他一眼，他閉上嘴不到三秒又繼續說：「老媽眞的很奇怪，要去背包旅行就去，我今天偷偷回家想拿東西，隔壁陳媽媽不知道是不是在我們家裝了監視器，我正要開門，她立刻就出現，還在本上子上面寫：九月三十日，江晉航回來一次。」

我也忍不住大笑，這就是老媽，我們都逃不出她的手掌心。我想，江晉航被記這一次可能要多流浪一個月。

「老媽眞的很可怕，我絕對不娶這種女生，脾氣硬又難商量，說好聽一點是有主見，說難聽一點是耳朵硬。」

「這種女生才好。」我覺得我也是這種人，耳朵硬。

手機突然響起，我看了一下來電，馬上按掉。

我現在最不想接觸的兩個人一個是范天堯，再來就是朱威了，在公司我也盡量離朱威遠一點，但他總是抓住機會往我這裡跑。我每天都要想盡各種藉口拒絕他的任何一種好意，還得聽許桂梅的冷嘲熱諷，外加茵茵一直覺得朱威很痴情，不停叫我接受他，每天上班都覺得精神快要分裂，如果我現在再接他的電話，我就是眞的瘋了。

「誰啊？」老弟問。

我搖了搖頭，「不知道。」

「應該是朱威吧！」老弟突然這樣講，我嚇了一跳，不明白他怎麼猜得如此神準。

「不要用那個表情看我，平常妳手機根本不會響，因爲妳沒有朋友啊！會來電又讓妳不想接的，應該就是那種老朋友。我想那個張志偉應該不會不要臉到直接來問妳要不要去喝喜酒，那就只有朱威啦！不要看我這樣遊戲人間，這個我還是懂的。」廢話眞的很多，這小子。

朱威的電話又來了，我再次按掉。

這小子又繼續說：「我是覺得朱威不錯啦，而且妳知道男人最珍貴的是什麼嗎？」

「是什麼？」我問。

「浪子回頭金不換。」他說。

「最好這世界有那麼多浪子。」而且還要剛好願意回頭，還能金不換，我不相信那種東西。

我只知道，錯一次是天眞，錯兩次就是傻了。

最後他不再來電，傳了簡訊，「我在對面公園等妳。」手機螢幕上面出現了這樣的字。我嚇了一跳，工作室對面是一個小公園沒有錯，但他爲什麼知道我在這裡，我沒有讓公司裡任何人知道我住在工作室的事。

還在考慮到底要不要出去的時候，第二封簡訊又來了，「我有事想跟妳說，只要幾分鐘就可以了。」

我嘆了一口氣，放下手上的書，然後起身出門。

老弟在我身後喊，「江雨航，妳要去哪裡？」

去把話說清楚。我們都要回到最基本的位置，生活才有辦法繼續。

一走到門外，就看到朱威眞的站在對面。我走過去，停在他面前，他對我笑了笑，可是我笑不出來。

因爲我聞到滿身的酒氣。

一個女人如果沒有遇過前男友喝醉酒來鬧的話，那妳眞的非常幸運。加上朱威，這種情形我已經遇過三次了。我很厭惡，轉身想要離開，朱威拉住了我。

我甩掉他的手，沒有回頭，他站在我後面嘆了一口氣，「妳以前不會這麼絕情的。」

我也嘆一口氣，轉過身對他說：「你以前也沒有這麼煩人的。」

他微微一笑，「好喜歡聽妳講話，記得以前剛在一起的時候都是我在說，爲了聽妳講話，我都故意叫妳唸新聞給我聽。」

「朱威，我們的以前已經過去很久很久了，當初是你二話不說要分手的，你現在又這樣對我，不覺得很矛盾嗎？」我說。

「哪裡矛盾？分手是因爲太喜歡妳，現在也是因爲太喜歡妳，哪裡矛盾了？」他走到我面前，講了這麼長一句話，酒味快把我給熏死了。

我往後退了小小一步，突然發現有細細的雨滴開始落在我身上，打在我的臉上、脖子上、手臂上，風輕輕一吹，我忍不住起了雞皮疙瘩。有點涼，我想回去了，更何況，想跟一個喝醉酒的人把話講清楚，我不如去聽江晉航廢話，去聽范天堯囉嗦。

江晉航是在工作室，但范天堯去約會了。

看，我又在意范天堯了。

「我懶得跟你講了，請你以後不要再來這裡，這樣讓我很困擾。」轉身想再離開時，朱威又拉住我。

「我話還沒有講完。」他說。

「雨越下越大了，有什麼事之後再講。」我想掙脫他，但他抓得死緊。兩個人開始你拉我扯，我都覺得手快被拉斷了。「手很痛。」我對他說，但他根本沒有在聽，雨仍一直打在我身上，我眞的很後悔出來和他見面。

朱威一個用力把我拉向他，然後用他的滿嘴酒味吻了我。被一個已經不愛的男人嘴對嘴的感覺，眞的覺得世界都要末日了。

突然間，范天堯拿著雨傘閃進我眼裡，幫我拉開朱威後，把我拉進傘下，頭也不回地帶著我離開，像英雄救美……不，他可以像個英雄，但我不夠美，我只覺得非常丟臉，已經不知道丟臉的極限在哪裡。

一走進工作室，我馬上甩開范天堯的手衝進房間，不管身上衣服濕淋淋的，就直接撲上床，然後開始搥我的枕頭。如果今天是江晉航看到也就算了，居然被范天堯撞見。

爲什麼要讓他看到這一幕？我寧可上廁所沒關門被他看到！

他站在房門邊，冷冷地說：「剛才怎麼不用搥枕頭的力氣搥他？」

我停下手，站起身，快速地走到門前想把門關上。手都還沒碰到門，范天堯就直接丟了一條毛巾在我頭上，「先把頭髮擦乾！」然後開始用毛巾很用力地搓我的頭髮，會讓我禿頭的那種力道。

我使勁拍掉他的手，「會痛。」然後抬起頭看著他，不知道他臉在臭什麼。

他看了我一眼，轉身走掉，兩分鐘後又出現在我面前，語氣十分認真，「把溫牛奶喝掉，然後去洗澡睡覺！」

跟我媽一樣。

在我喝溫牛奶時，他開始碎唸，「女人不要老是覺得自己強，好像什麼都可以解決一樣，自己要懂得判斷輕重……」

我一喝完就把杯子遞給他，馬上關起門。他在門外喊著，「江雨航，妳現在是過河拆橋嗎？我話都還沒說完，妳現在是什麼意思？記得快點去洗澡然後趕快睡覺，免得感冒，有沒有聽到！」

有，就是聽到了，聽到感動了，不能再聽下去了。

這個晚上，我又放棄治療我的黑眼圈了。

除了黑眼圈，外加晚上只睡了兩個小時，隔天還要上班，這對人來說眞的是生不如死。我虛脫地走出房門，好像不小心踩到了什麼。我低頭一看，是一盒藥和范天堯送給我的書。

藥上貼了張紙條，「如果感冒了，記得吃完飯半個小時後吃兩顆。」

這個人難道不是太雞婆了嗎？我跟他認識的時間並不長，需要對我這麼好嗎？管我要不要生病？

你女朋友知道你這樣隨便對別的女生好，她會難過的。

把書撿起來之後，我發現書上有幾頁做了記號。打開一看，我給服裝設計師的分數是二十分，范天堯在旁邊寫了一句，「有自知之明是好事。」我忍不住笑了，想起上次他陪我買衣服的情景，我的服裝品味應該有嚇到他。

廚師，我給的分數是七十九分，我對做菜還滿有興趣的。他卻說：「只靠六點八分熟的煎蛋，是無法成爲小當家的。」我的拿手菜確實只有這個六點八分熟的雞蛋，晉航連個也跟他說了。

接下來是祕書，我給的分數是四十分，因爲我覺得當老闆的管家有點無趣。他卻在旁邊打上五個星星，「妳個性謹慎，有責任感，邏輯清楚，適合。」

然後，每一種我打上分數的職業，他都在旁邊寫下了評語。我在想，或許他比我更了解我自己。

我看著書上他寫的每一句話，緩緩地融化。

但我沒忘記他是個有女友的人，而我不能再這樣融化下去，因爲，最後受傷的人只會是我自己。

人就是這樣，年紀小的時候習慣保護別人，年紀大了就開始學會保護自己，這是成長的另一種證明。我們都會長大，逐漸認清事實，明白自己其實很缺乏愛的能力。

收拾了一下心情，把書和藥放到包包後，出門賺錢去。

一進公司就在走道上遇到朱威，不過跟之前的糾纏不同，他輕輕別過頭去不敢看我。我想，他應該對自己昨天晚上的所作所爲有一點印象，知道對不起我，還算有救。

才剛坐到椅子上，主任的聲音馬上響起，「雨航，妳昨天請收發室寄出合家歡世界的標案了嗎？」

我點點頭，「我昨天裝訂好之後，請茵茵幫我送去收發室，因爲我要繼續趕飯店的案子。」

茵茵站在我一旁，馬上裝傻地說：「雨航姊，妳昨天什麼都沒有跟我說，只把這個放在我桌上，我不知道要送去收發室啊！」

我整個傻眼。我強調了兩次，妳最好不知道！當時妳在上FB，跟我說妳等一下就會送過去的。

許桂梅又在旁邊加油添醋，「雨航可能最近忙著戀愛，什麼事都忘了交代。早就說戀愛不是什麼好事了，就是不聽話。」

我一句話都還沒說，主任就開始劈里啪啦地唸了起來：「這個案子總經理盯得多緊，妳現在竟然沒寄出去，昨天是最後一天了，妳現在打算怎麼辦？連標都沒有出就輸了，案子還標個屁？寫好檢討報告書交給我，妳要有心理準備。」然後轉身就走。

整個過程前後不到五分鐘。

坐在我左右兩旁的人好像都當作沒有發生這件事，各自開始做自己的事。我江雨航到底在幹麼？做了一堆別人的工作，然後錯都怪在我身上？我到底是爲了什麼在這裡工作這麼久？

我沒有這麼憤怒過，去他的九年。

我很生氣，氣到全身都在抖，但我依然保持冷靜，把預計今天要完成的工作從我桌上拿起來，全放到許桂梅桌上。她拿著分機，停止了和另一頭的對話，疑惑地問我，「幹麼把這個放在我桌上？」

「妳聽到了，主任叫我寫報告書，我今天沒有時間做，這些明天要截標的，就麻煩妳和茵茵了。」

在一旁上FB的茵茵也停下了動作，「可是我沒有空啊！」

「那就都不要做啊！反正我都要寫報告了，多寫幾份我沒差。」接著她們在那裡一句來一句去的我都假裝沒有聽到，打開電腦，開始準備寫報告書。但一整天下來，除了寫完標題，我什麼內容都沒寫。

我是要檢討，檢討我怎麼能做著一份我不喜歡的工作九年。

下班鈴聲一響，我的電腦也關機完成。看見難得工作一天的許桂梅和茵茵還在跟桌上的一堆文件奮鬥，我心情好了一點。我站起身，她們兩個人同時看向我，許桂梅先出聲，「我們都還沒忙完，妳居然要走了。」

「對啊！妳們平常也是這樣啊！」我背著包包，二話不說地離開。

雖然今天莫名其妙挨了一刀，但對於自己憤怒過後的小小反擊，我感到有一點點開心，至少算是一個好的開始。

摸著包包裡的那本書，也許現在的我對未來還很茫然，但我的心卻莫名地踏實了很多。

日文課上到一半，老弟的電話就來了，一連震動了好幾回。本來不想接的，但已經震到旁邊的同學翻了好幾次白眼，我只好走出教室接起電話。

「最好有很重要的事。」我先警告江晉航。

他聲音非常哀怨，「對我來說很重要，江惠航在這裡哭了兩個小時，我們都不能工作了，妳快點回來啦！」

「我還在上課，等我下課就回去。」我說。反正我姊什麼都可以哭，上次她婆婆不小心喝了她的果汁她也能哭訴半天。

「不行啦！她現在說她要跟姊夫離婚啦！」

老弟真的很不懂女人，這句話我姊講了八萬遍了，我還是決定等我下課再回去。沒想到老弟補了一句，「江惠航說她晚上要住在這裡。」

我馬上掛掉電話，衝進教室拿了包包再衝出來，隨手攔了輛計程車趕回工作室。我不想再回到小時候跟她同房的日子。我姊外表漂漂亮亮的，但她可是能在枕頭下藏很多食物的人。小時候，有一次螞蟻在我睡夢中爬滿我全身，我現在想起那個晚上還是渾身發癢！

一進工作室，兩個大男人一個手裡拿著平板電腦，一個腳上架著一台筆電，躲在一旁的茶几邊，坐在同一張椅子上，江晉航的耳朵還塞了衛生紙。然後江惠航坐在江晉航的位置，還繼續在哭，桌上一堆衛生紙。

江晉航一看我回來，馬上走到我面前，拿掉他的耳塞很小聲地跟我說：「妳回來了，那我要走了，江惠航眼淚沒有停過，我快崩潰了。我剛才打電話給姊夫，他手機也沒有接，想逼瘋誰。」

我才想伸手拉住老弟，他已經跑出門了，沒義氣的傢伙。我回頭和范天堯對看了一眼，他無奈地指了指我姊，然後一臉哀怨。突然覺得他其實也算不幸，跟我那白目的弟弟是同事就算了，還得應付我跟我姊。他上輩子如果是拯救地球的英雄，那可能沒完成任務只拯救了一半，累積的福報不足，他只好這輩子來還債。

我走到江惠航旁邊，雖然很常看她哭成這樣，但還是有一點捨不得，「又怎麼了？」我拉了一把椅子坐在她對面。

她馬上止住眼淚，「龔兆堂他媽媽真的很過分，這次他說要帶我去關島玩，機票都買好了，時間也訂了，他媽媽明知道我們再過幾天就要出去玩，早上居然叫龔兆堂取消，說什麼住在香港的阿姨生病，叫我們帶她去看阿姨。龔兆堂問都沒有問過我就直接取消，還叫我訂去香港的機票，我要跟他離婚！」

聽到她這樣講，我全身的憤怒細胞都在發燙，「好啊！我贊成。」我冷淡地說。然後我從包包裡拿出手機開始幫她 google，「我先幫妳下載離婚協議書範本，妳找時間跟姊夫討論財產分配和小孩的監護權該歸給誰，再去戶政事務所辦手續。啊，還需要證人蓋章，我和江晉航都可以幫妳……」離婚流程看起來不太難。

老姊突然生氣地拍了一下桌子，「江雨航，妳怎麼可以叫我離婚？」

我抬起頭看著她，「我沒有叫妳離婚，是妳自己說要離婚的，妳剛剛才說過，妳忘了嗎？」

她一臉慌張地說：「我哪有，我是要跟妳說龔兆堂他媽媽有多過分，妳都不幫我說話，妳還是我妹嗎？」

我嘆了一口氣，「如果我不是妳妹，我現在根本不會理妳，還坐在這裡陪妳哭。江惠航，妳剛剛講的那件事，聽起來是妳比較過分，阿姨生病了，陪妳婆婆去看阿姨不是應該的嗎？」

「誰曉得他媽媽是不是騙我們的？」還好是我聽到這句話，要是老爸老媽聽到會有多難過，肯定會很自責怎麼把女兒教成這樣。

「妳是有被害妄想症嗎？不要一直說妳婆婆對妳不好，那妳有對她好過嗎？每次都是『龔兆堂他媽』這樣叫，妳有好好叫過姊夫的媽媽一聲『媽』嗎？妳有把她當自己的媽媽看待嗎？就算她再怎麼不好，沒有她會有姊夫嗎？沒有姊夫妳會過得這麼爽快嗎？結婚這幾年，妳一年煮了幾次飯？洗了幾次衣服？姊夫家又不是什麼有錢人家，妳可不是少奶奶耶，可是姊夫抱怨過什麼嗎？」

我氣到忍不住開始唸她，這幾年我什麼都沒講，是因爲我知道老爸私下會勸姊姊，老媽看不過去也會說她，輪不到我這個妹妹講什麼。

但今天眞的覺得自己的姊姊太荒唐了。

「妳是我妹妹，不幫我講話就算了，居然還罵我！老爸都沒這樣罵過我！」她又哭了起來。

「姊，妳難道都不能先好好檢討妳自己嗎？如果妳兒子未來娶的老婆也這樣對妳，妳會有什麼感覺？姊夫對妳眞的很好，可是妳一直讓他夾在妳和妳婆婆中間，不覺得姊夫很可憐嗎？」我難得叫她一聲姊姊。有姊夫的陪伴，還有一個可愛的兒子，我眞的希望她很幸福。看看我，我什麼都沒有，習慣單身這條路並不好走。

但我發現姊姊根本聽不進我的話，「我爲什麼要檢討我自己，我大學沒畢業就跟妳姊夫結婚，我最青春的日子都給了他，他本來就應該要對我好的。」她這樣對我說。

我突然感謝自己談了幾次失敗的愛情，才因此明白這個世界沒有誰應該對誰好，願意爲對方付出，不是基於應該，是因爲愛。

「姊，妳眞的很自私。」我忍不住這樣說。

江惠航整個人大翻臉，伸手推了我一下，把我推得往後退了幾步。「我自私，妳又有多好？交了那麼多男朋友，又有誰留在妳身邊？老是一副自以爲是的樣子，不要老說什麼不想談戀愛要單身一輩子，其實是因爲沒有人想跟妳一輩子在一起，妳只好自己一輩子單身，不是嗎？」

姊姊的話很傷人，但她點出了我自己不願意面對的事實。

她說得沒有錯，這個世界上，有誰眞的想要自己一個人？不就是沒有人要或是找不到人要，才只好一個人嗎？

她的話，堵得我一個字都說不出來。

「妳才要好好檢討妳自己，看看爲什麼沒有人要留在妳身邊，是妳自己有問題！」

江惠航講完，生氣地踢了一下椅子，然後拿了自己的包包離開。

我呆在原地，聽到自動門開了又關上的聲音。

范天堯不知道什麼時候走到我面前，對我說：「要幫妳拿枕頭出來嗎？」

我搖了搖頭。

他把我拉到椅子上坐好，幫我倒了一杯水，另外拉一把椅子坐到我旁邊，「不要太在乎妳姊姊講的話，她只是太生氣了。如果把別人在情緒上講的話當眞，那妳就眞的太傻了。」

「沒有，我姊姊講得沒有錯。她說的每一句都是對的。」只是我從來不願意面對。我留不住身邊的人，所以只好單身，卻又一直告訴自己單身才是最好的，然後滿肚子的孤單和寂寞。

我嘆了一口氣，「長到三十一歲，沒一件事情做得好，做最好的就是騙自己。」

他看著我，「那就夠了，全世界都在騙人，人如果不騙自己，日子會很難過。」我對他笑了笑，他繼續說：「這時候，一般的女生應該都哭了，妳怎麼還那麼鎮定啊？」

換我笑了。

我從很久以前就已經不哭了，不知道從什麼時候開始，看著感人的電影，不哭了，聽著動人的情歌，不哭了，人家說多賺人熱淚的電視劇，我也不哭了，我想這是自己變堅強了吧！

「沒有什麼好哭的。」眞的，該哭的也都哭過了。

他看著我，搖了搖頭，「晉航從以前就說：『我這個二姊什麼都好，壞就壞在受了什麼苦都不說。』他說有一次他跟隔壁的小孩打架，妳跑去幫他出氣。結果一不注意，跌倒的時候撞到旁邊剛熄火的機車，被排氣管灼傷，妳不敢跟爸媽說，就只是自己擦藥，結果傷口都化膿了，被媽媽看見，大人才知道。」這個江晉航眞的什麼都跟范天堯說，范天堯知道的也太多了吧！

但想起這件事，我還眞後悔受傷的第一時間沒告訴爸媽，自己亂擦藥，要不然，我的小腿也不會留下那麼長一條疤了。

「不是跟妳說過要適時求救嗎？妳想哭可以哭的。」

「你是有多想看我哭？」哪有一個男人老是叫女人哭的。

「還滿想的，至少在我面前，妳可以不用假裝。」他邊說邊站起身，拿走我手上空了的杯子，又走進茶水間。

頓時，他的背影映在我的眼裡，很帥氣。

可以不用假裝嗎？其實我們不管對誰都得假裝。對家人也好、對朋友也好、對愛人也好，我們都得假裝。假裝沒事、假裝堅強、假裝開朗、假裝樂觀，假裝久了，自己好像就眞的變成了那樣，然後開始覺得那才是眞正的自己，深信不疑。

然後，又總在夜深人靜時被打回原形，我們會看到自己最脆弱、最不安的模樣，隔天一早醒來再假裝忘記。

我們都一樣。

他又倒了一杯溫水遞到我手上，「吃過飯了嗎？」

我點了點頭。其實我沒吃，自己一個人生活最常出現的問題就是用餐，走過一條滿是小吃和餐廳的街，不知道該選哪一間。走進便利商店，站在熟食區，把每種食品都看過一次還是不知道該吃什麼，然後再走出便利商店，乾脆不吃。

「但爲什麼我這兩天覺得妳的臉很凹啊？」他一手捏了我的下巴，臉很近地對著我說：「之前這裡還有點肉啊！」

我被他的舉動嚇了一跳，馬上別過頭。

他開始在我旁邊唸，「女生不要爲了減肥就不吃飯，很傷身體，而且不會變瘦，代謝還會變差。尤其是過了三十的女生，一定要生活規律，營養均衡……」

「你眞的很會唸耶，我媽都沒有你強。」再繼續聽他唸下去，我都快忘記剛剛那帥氣的背影了。趕緊站起身走到老弟的辦公桌，從我的包包裡拿出手機撥了一通電話。

電話接通了。

「姊夫，我是雨航，大姊到家了嗎？」姊姊跟我一樣沒地方去，之前還能回娘家，但現在她的爹娘都在外面逍遙，再怎麼生氣，她也只能回到那個和丈夫共有的家。

「到家了，現在還在哭，問她爲什麼哭都不回答我。我說那不去香港，還是去關島好了，她又說不要，只是一個人關在書房裡面哭。她以前生氣都會罵我出氣，這次哭得那麼嚴重，我快嚇死了。」姊夫的語氣聽起來很是擔心。

姊夫從以前交往的時候就很疼姊姊，十幾年了，我從來沒看過姊夫對姊姊大聲說過一句話。姊姊眞的很幸運，也很幸福，但她從沒想過自己擁有的東西是多麼珍貴。

我只好開口把我罵姊姊的事告訴姊夫，請他好好安慰姊姊。

我掛掉電話，范天堯走過來，「妳怎麼沒跟妳姊夫說姊姊也把妳罵得有點慘？」

「有什麼好講的，姊姊有姊夫安慰，我講了誰要安慰我？」還得自己舔傷口，我又是何必？

他馬上回答，「我啊，我不是從剛剛就在安慰妳了嗎？」

他一臉超級認眞的表情，害我很感動也很想大笑，才要跟他說明安慰不等於碎唸時，他的手機響了，他走回座位接了電話。

「以珊，妳忙完啦！」他話一說出口，剛剛那些感動完全消失無蹤，我眞的一秒都不可以忘記他是個有女朋友的人。

「車子壞了？好，我過去接妳。」

在他掛電話之前，我已經閃進房間關上門了。

「江雨航，妳去哪裡了？」我聽到他在門外喊著。

我假裝地說：「我很累，我要睡覺了，離開的時候記得關燈關冷氣。」還說在他面前可以不用假裝，我要假裝的可多了。

沒有聽到他回答什麼，我已經走進浴室，打開水龍頭，聽著嘩啦啦的水聲，警告自己不准越線。

因爲，跨過了那條線，到了他與以珊的那一邊，我就是個多餘的人了。

第七章
單身是一種選擇，是給自己的最後一條後路。

之後，我開始用極端的手段躲避范天堯。本來我已經是早出晚歸了，現在是早出更晚歸。上完課，我會先到書店去晃晃，如果不想去書店，就只能在工作室對面那個小公園待著，等到他下班離開了我才進去。

結果，他不知道是在拚命什麼，已經連續三天都待到一點多才走，我在對面公園餵了三個晚上的蚊子，而且還很嚴重睡眠不足。

撐了一整天，再半個小時就要下班了，但我還是受不了，想去廁所偷睡一下。但廁所實在太有味道，我無法完全入睡，只好昏沉沉地再走回位置上工作。

沒想到，主任又在我後面出聲，「雨航，估價單釘錯了妳知道嗎？」

我回過頭，站起身，看著主任手上拿著兩份不同的標單，但估價單卻放反了，A的估價單和B釘在一起，B的估價單則和A釘成一份，那麼簡單的錯怎麼可能是我犯的。

「主任，這兩份標單不是我處理的，是茵茵處理的。」我說。

「我知道，但妳怎麼會讓茵茵出這種錯？她是新人，妳比較資深，她處理過的文件妳應該幫她仔細巡過一次。還好我看到了，不然是又要標個屁嗎？」主任的話讓我回到小時候的記憶。

媽媽也都對我說妳是姊姊，或妳是妹妹，怎麼可以讓他們犯這種錯呢？是的，老二就是倒楣，要夾在這不上不下的中間，活該被罵。

但家人是家人，工作是工作，我可以陪江惠航和江晉航一起被揍，可是無法陪我身旁的這兩位同事被罵。

「主任，我有我的事情要做，我不是念書時的小老師，還要幫同學檢查功課，我已經把最簡單的事交給茵茵做了，更何況，要說資深，許姊最資深，她不是更應該要照顧新人嗎？」我看著主任，一字一字說得非常清楚。

不曉得是不是我太少在辦公室講話，我這一開口，大家的目光都看向我。

主任對於我突如其來的反駁有點惱羞成怒，生氣地說：「妳跟我到辦公室來。」

跟在主任身後時，朱威和我擦身而過。

我站在主任辦公桌前，他坐在位置上，雙手交握放在桌上，撐著他的下巴，表情很凝重地對我說：「雨航，我不怪妳剛剛對我說話不禮貌，但是妳知道嗎？我很不喜歡下屬把情緒帶進工作裡。我知道妳現在在談戀愛，我也不反對辦公室戀情，但妳要做好，才不會讓別人說閒話。」

聽到這裡，我好想在主任面前挖鼻孔以示我的不以爲然，「我沒有談辦公室戀情，我也不會，我剛剛說的，只是我針對這件事情的想法。」我極力保持冷靜。

「同事都在反應妳把自己的工作交給她們做，好讓自己準時下班。我昨天還看到茵茵加班到八點多，妳最近是不是太混了？」

主任講的話眞的讓我心灰意冷。我不敢說這九年我爲公司付出多少，畢竟公司也給付了我薪水。但相處九年下來，主任還不知道我的工作態度嗎？「主任，平常我的工作量有多少，你應該很清楚，你請新的助理來，不就是分擔我的工作嗎？爲什麼又說我把工作都交給別人做？我也可以白天上網聊天，晚上再加個班來表現出我的認眞啊！」

「雨航，如果妳繼續用這種態度跟我說話，那我會請妳走人。妳都三十幾了，還不好好珍惜機會認眞工作，妳以爲外面工作很好找嗎？」主任生氣地對我說。

原來不只我這樣想，連別人也是這樣想我，妳都三十幾了，還能找到什麼工作？就算我去當個洗碗工，都比在這裡強。

我嘆了一口氣說：「你不用請我走，我會自己會走。我桌子的第二層抽屜有一疊辭職信，看你要用哪一封都可以，我就做到今天，謝謝主任的照顧。」

主任聽到我這麼一說，整個慌張了起來。感覺像有些女人動不動跟男友吵著要分手，當有一天男友說了「好」，女人就開始天崩地裂一樣。「妳怎麼可以說離職就離職？按照公司規定，如果妳離職沒有交接，當月的薪水就要扣起來。」

「都可以，公司高興就好，謝謝主任。」我轉身離開主任的辦公室，我看到他驚訝得嘴巴都闔不起來了。他的嘴再不闔上，可能會有蒼蠅跑進去，但我已經沒有義務提醒他了。

走回辦公室時，我整個人變得好輕鬆，我眞沒想到我居然開心得笑了出來。

我用最快的速度整理好我的東西，大家看著我收拾私人物品，沒有一個人敢過來問我是怎麼回事。還好我因爲怕麻煩，一向不喜歡放太多自己的東西在公司，需要帶走的東西不多，所以不到三十秒我就已經收好了。

我平常就會做工作紀錄，還非常有良心地把我的工作進度 mail 給許桂梅和茵茵，免得她們手忙腳亂——雖然我眞的很想看她們手忙腳亂。

我拿了自己的包包和一袋私人物品，把椅子推進桌子底下，就帶著微笑離開公司。

走出公司，我大大地深呼吸了一口氣。

其實，逃離這一些並沒有想像中困難。

我拿起手機，想通知老弟要有心理準備，等我花光了積蓄，他可能得開始養我。這時，朱威正好從後面叫住了我。

我轉過身，和他面對面。

他對我說：「可以跟妳聊一下嗎？」我看他表情很誠懇的樣子，點了點頭。

我們到了一間日本料理店，他像以前一樣點了我們常點的那些菜，但其實我已經沒有那麼愛吃了。他忽然意識到這一點，馬上對我說：「我都沒問妳口味有沒有變就自己點菜了，不好意思。」

「沒關係。」我說。

朱威看起來有一點緊張，但我不知道他在緊張什麼，他甚至不小心打翻了熱騰騰的麥茶。茶灑到他的腿上，燙得他站起身哇哇叫，我也嚇了一跳，趕緊走到他旁邊拿衛生紙幫他擦。

「你沒事吧？要去醫院上個藥嗎？」他的褲管從大腿到膝蓋濕了一整片。

朱威還沒有回答我，我卻聽到有人叫我，「雨航嗎？」

我轉頭一看，是以珊和范天堯。范天堯看了我一眼，再看了朱威一眼，表情變得很難看，我拉回看向他的視線，轉而和以珊打了招呼。

「妳弟還說妳沒有男朋友，明明就有嘛。」以珊笑著說。

我尷尬地笑了笑。

「不吵你們，我們吃飽了，先走了。」以珊笑著對我說完話，勾著范天堯的手就離開了。

而范天堯連再見都沒有對我說。

坐回位置上，我想著他剛剛的表情，可能是覺得我很可笑，他應該從沒見過哪個女人會和強吻自己的人吃飯吧！

「雨航，妳喜歡他，對吧！」朱威的話讓我回了神。

才想回答「沒有」兩個字，朱威又狠狠朝我開了一槍，「妳以前也是用這樣的眼神看我的。」他說。

我看著朱威，不知道該怎麼回答。

他倒了一杯清酒，我皺起眉頭，想到那天朱威來找我時全身的酒臭味。他看了我的表情，笑著說：「放心，我不會再那樣了。」然後收起了笑容繼續說：「雨航，那天的事，我一直想向妳道歉。」

他彎身行了個禮，「對不起。」

「算了啦！我知道你喝醉了。」我也倒了一杯喝下一口。天啊，有夠難喝的，趕緊再拿起白開水來喝。

他看著我，笑了笑，「妳還是不會喝酒。」接著露出誠懇的眼神，「我們可以當朋友嗎？眞正的朋友。」

我很老實地回答他，「我其實不太相信男女之間會有什麼眞正的朋友，更何況我們還是彼此的初戀情人，這太奇怪了。」

「雨航，妳還記得念書時學校那個籃球隊長嗎？」他突然這樣問。

我點了點頭，「知道，那時候你們兩個可是學校最出名的兩大校草，但我不認識他。」

「那妳知道他也喜歡妳嗎？」

「不知道。」我說。不知道朱威爲什麼要講這個。

「我們當兵時剛好分發到同一個單位受訓。新訓結訓後我分發到金門，我爸說等我當完兵會馬上送我出國念書，這麼一來，妳就得等我六年到八年的時間。他嗆我憑什麼讓妳等那麼久，於是我就自以爲很偉大地放開妳，但我一直非常後悔。」

原來是這樣啊！

「前幾年回台灣，我去妳家找過妳，但你們搬家了，連麵店也收起來了。我沒想過還會再遇到妳，所以遇到妳的時候我眞的很開心。可是，妳已經不愛我了。」

我看他很認眞地說著這件事，想到了那些過去，覺得很感嘆。

「我常常在想，如果那時候我沒有那麼自以爲是，我們也許已經結婚生孩子，過著快幸福快樂的日子。」他無奈地笑了笑。

我嘆了一口氣，「不會，因爲那時候我們都不知道愛是什麼。」要不是這一些離別和傷痛，我們怎麼會知道愛可以如此美麗。

他認同地點點頭，「可惜。」

我也對他笑了笑，不可惜，因爲我們都不是應該屬於彼此的人。

「就當朋友吧！好嗎？」他又不死心地說著，看到我爲難的表情，他馬上解釋，「我沒有別的意思，我不會再講到那些了，就是朋友，老朋友這樣。」

「好。」我想，或許我們眞的能變成很好的朋友。

朱威聽到我的回答，笑得好開心，可是又馬上一臉擔憂，「但是妳怎麼辦？他們看起來好像是在交往。」

我想了一下，才明白朱威說的「他們」是范天堯和劉以珊。

「沒有什麼怎麼辦，就那樣啊！」等我可以回到家裡，時間一長，那些心動就會慢慢消失，然後無影無蹤，都是這樣的，跟以前有過的經驗一樣。

接著我們開始聊天，聊過去的一些蠢事，也聊著以後。朱威說他有朋友在上海開公司，需要一位精通英文和日文的祕書，他覺得這工作很適合我，叫我考慮看看。我很感謝他，但目前我只想先休息一陣子，其他的事之後再說，反正還有江晉航會養我嘛！

和朱威聊了好久好久，聊到店家打烊我們才離開，還約好下次要一起去吃火鍋。朱威原本要送我回家，但我拒絕了，想自己走一走再回去。他笑著叮嚀我注意安全，如果需要他送我，隨時可以跟他聯絡。

我點點頭，感謝他給我這個朋友的溫暖。

在外面多晃了兩個小時我才回到工作室，從窗外看進去，工作室是暗的，原本以爲沒有人了，所以我很放心地走了進去，沒想到范天堯居然還在，開著他桌上的檯燈正在工作著。

我和他相視了三秒，接著我別開眼神，準備走進房間。

「這幾天都這樣三更半夜才回家，原來是去約會了。」他的語氣有一點諷刺，我聽得渾身不舒服。

「你不也是嗎？不過你比較認眞啦！還回來工作。」我說。

他站起身，有一點激動地說：「我是在等妳，平常十一點前會到家的人連續好幾天都那麼晚還不回來，妳覺得我不會擔心嗎？妳也知道工作室的電話，不能打個電話回來說一聲嗎？晉航也是等妳等到剛剛才走，妳都幾歲了，還要人家這樣擔心妳嗎？」

「我沒有叫你們等我啊！我都幾歲了，我自己會看著辦不是嗎？」我也很生氣，口氣非常差地回答他。

他臉色一凜，二話不說，拿了自己的東西從我身旁經過，然後離開。

聽到自動門關上的那一刻，我很後悔自己這樣對他說話，原來這幾天他是爲了等我才那麼晚走。

我嘆了口氣，這樣也好，我們本來就應該回到自己的位置，他是我弟弟的合夥人，而我是他合夥人的姊姊。

就是這樣而已。

但爲什麼看他那麼生氣我會難過？

原本以為隔天會再見到范天堯，但沒了工作的我睡到中午起床時，外面只有江晉航。不只是隔天，連續好幾天都這樣。我拿著范天堯給我的書，看著書上他一個字一個字的註解，覺得好想他。

我走出房門，今天仍然只有江晉航在，我忍不住脫口問：「范天堯今天又沒來了嗎？」

老弟繼續工作，對於我的問題，他只是點了點頭作為回應。

我轉身回到房間。兩分鐘後，我聽到工作室的自動門開啓的聲音，范天堯向江晉航打了招呼。我帶著緊張心情的走出房門，可是外面不只有范天堯，還有劉以珊，她依然大方地跟我說了聲嗨，我也對她笑了笑。

但范天堯完全沒有看我一眼。

他們三個人很認眞地在開會，從中午一直討論事情到晚上八點多才結束。劉以珊開心地敲了我的門，「雨航，妳在忙嗎？」

我打開門，給了她一個微笑，「沒有，怎麼了？」

「晉航去找小琪了，我跟天堯要去吃飯，要一起去嗎？」她熱情地邀約。

我下意識看了范天堯一眼，他仍然對我視若無睹，我才想回答劉以珊時，房內我的手機正好響了。范天堯不看我，而是對著劉以珊說：「她應該忙著要去約會，我們去吃就好了。」

「這樣啊，對喔，雨航都有男朋友了，那雨航，我們先走囉！」劉以珊笑著對我說了再見。

范天堯一樣沒有理我。

我難過地回到房間接起手機，電話那一頭有個非常愉快的聲音說著，「江雨航，我回來了。」

是的，沈桂花小姐的背包旅行結束了，她甘心回家了。不知道是因爲太想念老媽，還是因爲范天堯對我的冷淡，我的聲音開始有一點哽咽。

「江雨航，妳是要哭了嗎？老媽准妳回家。」

於是我用最快的速度打包回家，我對范天堯的心動眞的可以結束了。

帶著范天堯給我的那本書，我終於回到闊別一個月的家，當老媽打開門的剎那，我想到最近發生的種種事情：丟了一份做了九年的工作，和姊姊大吵了一架，還有，打算單身一輩子的人居然重新愛上了另一個人——還是一個已經有另一半的人。我忍不住抱住老媽，然後流下了感嘆的眼淚。

我眞的沒想到，我的世界居然在短短一個月裡變化得這麼快。

「唉唷，江雨航，妳現在是在哭嗎？」曬得很黑的老媽嚇了一跳，「發生什麼事了？妳長到這麼大我只看妳哭過兩次，一次是江晉航弄丟妳的紅包，另一次是初戀失戀，啊妳現在是在哭什麼？」

我緩緩擦掉眼淚，「我失業了。」沒打算對老媽講太多，因爲我從來就不習慣說那些事。

我想起了范天堯說的：要記得求救。可惜這件事沒有人救得了我，除了我自己。

老媽大笑，「我還在想妳那份工作是要做多久，不是一直做得很不開心嗎？每天要去上班就愁眉苦臉，失業就失業啊！工作再找就好了，有什麼大不了的。」

我眞的不知道老媽這麼樂天。

把行李提進房間後，我開心地在我心愛的床上翻滾，不是我在說，工作室裡小房間的床有夠硬，我每天都全身痠痛，終於可以回家睡自己的床，我開心得都要飛起來了。興奮地舉起手想搥枕頭時，又想到了范天堯說過，「不要老是搥枕頭，手會很容易扭傷。」

我爲什麼要聽他的話？我偏要搥！結果一搥還眞的扭到了。我痛到在房間喊媽媽，結果進來的是老爸，我驚訝地看著他，不敢相信他和老媽居然和好了。回家的路上我還在想要怎麼幫老爸求情，沒想到他已經在家了。

老爸看了我的手，很快地幫我拿冰塊來冰敷，然後老媽進來幫我包紮。我看著他們兩個，忍不住問：「你們兩個沒事了吧！媽不生氣了吧！」

老爸笑了笑，走出我的房間。

老媽邊幫我包紮邊說：「我心情好得很，幹麼要生氣？」

「妳明明就在氣老爸的初戀是別的女人。」我可沒有忘記我被趕出家門的原因！

「我本來就知道妳爸的初戀不是我啊！」老媽回得好輕鬆，旅行真的可以改變一個人這麼多嗎？

她繼續說：「我是故意生氣的，這樣才有理由把你們都趕出去啊！」

我非常不能理解，「媽！妳沒事趕我們出去幹麼？妳要去玩，我不會阻止妳啊！看妳要背包旅行多久我都支持！」

老媽幫我包紮好，很語重心長地對我說：「你們這些小孩就是過得太安逸，妳老是說妳要單身，活在自己的世界，每天不是工作就是上課，我看了多不順眼。妳弟老是女朋友一個換過一個，在家日子過得太爽，不出去吃點苦怎麼可以？再來就是妳姊，三不五時往娘家跑，也不多花一點心思照顧自己的家庭。老媽我是用心良苦，我去體驗新生活，難道你們不用嗎？」

沈桂花小姐眞的是新時代女性的標竿。

「所以老爸也知道？」

老媽搖了搖頭，「不，是我要出國那天他才知道的，我也告訴他爲什麼我要這樣做，妳老爸多支持我啊！再加上妳叔叔最近很孤單，妳爸去陪他剛好。」

我虛脫地嘆了一口氣。

「媽，我還在想妳會不會因爲老爸初戀不是妳，就眞的一氣之下和他離婚。」我說出我的擔心。

老媽笑了笑，「我不是妳爸的初戀情人，但妳爸最愛的是我，這樣就夠了。喂，我跟妳說，下一次背包旅行我要跟妳爸一起去。」

我安心地點點頭，「只要不要再把我趕出去，妳跟誰去旅行我都贊成！」

老媽笑了，「沒把妳趕出去的話，妳可能還在做那個工作。妳眞的要這樣一輩子下去嗎？老媽不是跟妳說過，不用結婚沒有關係，但妳不要放棄找一個妳最愛的人啊！我看妳這樣一天過一天，我很難過。」

我很意外，老媽的難過程度超乎，我的想像。

「妳從小就特別獨立，一開始我覺得這樣很好，可是久了我慢慢覺得實在很不好。妳姊姊是愛抱怨，妳是什麼都不說，我多希望妳們兩個加起來除以二，可是沒辦法啊！妳姊愛哭，什麼事都可以哭，妳是連騎腳踏車摔到骨折都不在我面前哭。」我看著老媽擔心的表情，覺得鼻酸。

「三個小孩裡面我最擔心妳，可是我知道妳有妳的想法，我不能勉強妳，媽媽沒有要求什麼，只希望妳過得快樂。看到妳不快樂，我會慌張。工作也好，決定單身也好，做什麼都好，就是要開心，但媽媽都不覺得妳是眞的開心。」

我眼淚已經停不了，一直掉一直掉。

老媽也眼眶紅紅地摸著我的臉，「妳看現在這樣多好，難過就是要哭啊！」接著用手擦掉了眼淚。

「妳繼續哭，看妳要哭多久都可以。但是我警告妳，不准跟妳弟和妳姊說我們回來了，他們兩個要再多磨練一下。家裡一個月沒人住，灰塵很多，我去打掃。妳哭完了早點睡，瘦了一大圈，媽明天幫妳補回來啦！」老媽摸了摸我的頭，離開我的房間。

我從來沒想過老媽會如此擔心我，我甚至以爲我是最不讓他們擔心的，沒想到，我快不快樂大家都感受得到。

也許在我還沒決定我的未來之前，我可以決定讓自己先當個快樂的人。老媽的疑問是對的，「妳是很自由啦，但妳的心自在嗎？」因爲不自在才會不快樂，我不想再這樣下去。

我應該對我自己更誠實一點。

這夜，我讓自己哭了一整晚。

於是，我開始學著誠實地生活，想念范天堯時就拿書出來看，看看他的字，會覺得很安心。我也開始學著向老媽撒嬌，即便她反胃了很多次。我更是努力地學著范天堯一直想教會我的「適時求救」。

「爸，你可以幫我削梨子嗎？我想吃」，「媽，妳可以幫我洗那件白衣服嗎？我不小心噴到醬油了」。我適當地求救後，發現日子居然可以過得這麼爽快。

「江雨航，只有妳一個小孩在家，怎麼我感覺比之前更累？」老媽拿著我的白衣服開始抱怨。

「媽，什麼時候讓晉航回來啊？」

我回家後，隔天老弟就打電話找我，問我跑去哪裡。我說我覺得住在工作室很不方便，決定先住朋友家。

他聽完，先是講了十次，「怎麼可能，妳又沒有朋友！」講到我很想直接衝過去工作室揍他。後來他自以爲是地恍然大悟，「我知道了啦！妳跟朱威和好了吧！是不是住到他家了？我就知道！跟初戀情人重新開始，有點浪漫耶，江雨航。」我都沒有回答，他自己一個人講得超開心。

懶得解釋太多，我只想堵住他的嘴，於是隨口回答，「對啦對啦！」然後掛掉電話，接下來幾天他就沒有再打給我了。

這野孩子，不知道野去哪裡了。

難得地陪著老爸整理他收藏的茶具，才發現這個老爸專屬的櫃子裡有好多我的東西：念書時候拿過的獎，還有我寫過的書法字帖，好些宣紙都已經泛黃了。我看著這些發呆，從來不知道老爸收藏了這些東西。

書法是爺爺教我的，大姊不喜歡，老弟靜不下來，我卻很愛寫書法時飄進鼻間的味道，是墨水和紙結合後的那種味道。常常都是老爸老媽在做生意，我就跟著爺爺寫一整天，後來爺爺過世了，我還是繼續練，成了割捨不下的愛好。

老爸看著發呆的我，笑著說：「小時候妳在練書法時，妳姊和妳弟就老愛去煩妳，妳還氣得拿毛筆畫了姊姊滿臉，結果被老媽揍。」

我回過神，想起了那件事，微笑地點點頭。

「妳姊常跟我抱怨爲什麼我們把妳生得什麼都會，把她生得什麼都不會。她每次看妳在寫書法，都會跑來叫我教她，但妳老爸只跟妳爺爺學了怎麼做麵條，書法這種事我也沒有慧根。這些東西，有的是她幫我收的。」老爸拿起了一張我寫過的〈蘭亭序〉，笑著說了這些話。

我想到那天和姊姊的爭執，心想自己是不是應該跟她道個歉。

結果門鈴響起，老媽去開了門，就看到姊姊和姊夫一起走進來。我和姊姊對看了一眼，我緩緩低下頭，感覺好尷尬。太久沒有吵架，就會忘了該怎麼和好。

「你們不是今天才剛回台灣，怎麼不在家休息馬上就跑來？」老媽驚訝地問。

姊夫先開口，「不累，惠航嚷嚷著很久沒看到妳了，媽不是很喜歡上次去香港買回來的曲奇餅嗎？這次買了兩盒。」姊夫說著，還搖了搖手上的禮袋。

老媽一看到吃的，眼睛都亮了，馬上拉著姊夫說東說西，又要開始她的背包旅行體驗心得，我這兩天在家聽到都會背了，但我眞的很佩服老媽冒險的勇氣。

我不著痕跡地逃回房間，想找理由先跟姊姊講話。

意外的是姊姊先來找我了，「妳在忙嗎？」

回過頭，看到她站在門口，我搖了搖頭，「我很閒。」沒工作的日子不是吃就是睡，以前工作時多羡慕這種生活，眞的沒了工作又覺得無聊，想趕快開始工作。但每天打開求職網站，卻一封履歷表也沒寄出去。

「媽說妳辭職了？」

我點了點頭。

「龔兆堂他們公司剛好缺市調人員，會有一點忙，但妳要不要試看看？」江惠航很難得地像個姊姊，開始關心我的生活。

我微笑著搖了搖頭，「不用了，謝謝。」我想找一份我有興趣的工作，我知道市調人員不是。

就像范天堯說的，也許人一輩子都不知道自己要什麼，但我得先知道我不要什麼。

又想到他了，忍不住在心裡嘆了一口氣。

「那天的事，我先跟妳說對不起。」姊姊的道歉來得有點突然，拉回了我獨自想念范天堯的世界。

「我那天就是瘋了才這樣亂罵妳，我回去想了很久，妳罵的都是對的，我的確很自私，因爲我不像妳經歷過這麼多。我在很年輕的時候就結了婚，在家有老爸老媽疼，婚後有老公疼，以致於我覺得這一切都是應該的。」短短幾天，老姊好像變了一個人，好成熟，我很不習慣。

「和妳吵完架之後，我感冒發燒，是我婆婆照顧我的。我發現，她跟老媽一樣刀子嘴豆腐心，不管我做什麼她一定要唸一下。以前會覺得她在找我麻煩，但她的出發點其實都是好意，我會努力找出我們相處的方法。」

我很贊同地對她點了點頭。

「雨航，妳很好，妳眞的很好，我那天講什麼沒有人要妳的那些話，都是我發瘋亂講的，是那些男人眼光有問題……」姊姊很內疚地說。

我笑了笑，「其實妳說得沒有錯，我的確是因爲找不到一個可以陪我一輩子的人，只好一個人，所以妳要珍惜姊夫啊！妳脾氣那麼差又那麼驕傲，除了姊夫誰受得了？」

「江雨航，妳現在是怎樣？」聽到我說她脾氣差，她又要翻臉了。

只能說江山易改本性難移，姊姊成熟了很多，但我想她的壞脾氣會跟著她一輩子。

我們又像小時候一樣，兩個人並肩躺在床上。她開始吱吱喳喳講著陪婆婆一起去香港看阿姨的事，她帶著婆婆過馬路，她牽著婆婆坐地鐵……她跟我約好，她會學著孝順她婆婆，而我要努力找一個可以陪伴我一輩子的人。

總是覺得，姊姊會比較容易達成這個約定。

因爲，一輩子眞是太長了。

第八章
單身的人，總會在心裡慶幸自己喜歡過某一個人。

我發現自己越來越適應沒有工作的生活。這其實不是一件好事，尤其經常會抱著隔天不用上班的心情看過一部又一部的影集，每天都睡到中午才醒，老媽都快受不了了，已經開始對我放話了。

「江雨航，妳還不給我起床，妳多久沒有去練瑜珈了？」老媽敲著我的門大吼。

我努力撐開眼皮，「好啦，起來了啦！」但身體依舊動也不動地躺在床上。

手機在床頭旁響起，我下意識地接了起來，「喂？」

「請問是江小姐嗎？我這裡是大發股份有限公司。我們收到江小姐妳的履歷表，不曉得今天下午方便過來面試嗎？」

我馬上恢復意識，用非常有精神又很溫柔的聲音回答，「好的，沒有問題。」

這兩天面試了四五間公司，喜歡的沒有錄取我，不喜歡的偏偏就錄取我了，跟大部分的戀愛一樣，有緣無分。

還在感嘆人生就像一場無疾而終的戀情時，手機又響了。我依然帶著非常有精神且溫柔的語調接了起來。

對方一聽到我的聲音，便說：「不好意思，我打錯了。」然後就掛掉了。

我還在疑惑那聲音有點熟悉時，手機又響了。我再度接起來，對方遲疑地問：「是雨航嗎？」

「嗯。」我說。

「我是范天堯。」

我知道，我聽出來了。

我們彼此在電話裡沉默了兩秒，他開口打破這個尷尬，「不好意思，打擾妳了，我想問一下晉航有沒有跟妳聯絡？」

「沒有。」我昨天打過電話給他，想請他幫我把放在衣櫃裡的一個提袋拿回來。提袋裡裝的是之前范天堯幫我挑的那套衣服，因爲覺得穿不到，我就一直放在袋子裡，匆忙間忘了帶回家來。

但江晉航的手機沒有接，可能我也習慣他老是不接電話又不愛回電話，所以完全不覺得有什麼異樣。

可是，聽范天堯的語氣，感覺事情好像沒有那麼簡單，「怎麼了嗎？」我問。

「他已經三天沒進公司了，到昨天爲止手機是沒有人接，剛剛一撥過去，變成直接轉語音信箱。先前和廠商約好今天下午他要過去做簡報，但我一直聯絡不到他的人。」他說。

「那你打過電話給小琪嗎？」找他女朋友應該是最快的。

「她也沒有接電話，我問過所有我們共同認識的朋友，沒有人知道他去哪裡了。」他的聲音聽起來很困擾。

我聽著，也開始擔心了起來。江晉航瘋歸瘋，倒也不是這種沒分寸的人，對於工作他還是有一定的要求。像這樣連續三天沒有進公司，眞的不是他會做的事。

應該不會發生什麼事吧？我的擔心慢慢擴大。

「簡報的部分你能處理嗎？」我問。

「我在重新做資料，我會過去處理。」他說。

「那我去找他看看。」向范天堯要了小琪的電話，再問他有沒有小琪的住址，但他不知道，只知道小琪的公司在哪裡。

我用最快的速度換了衣服，老媽正端著炒好的菜從廚房走出來，看見我匆匆忙忙的，便問我：「江雨航，妳衣服沒有拉好，後面都翻起來了，有人說要看嗎？」

「媽，我出去一下，等等回來。」我邊穿鞋子邊整理衣服。

「我午餐都煮好了，妳不吃完再出去？」我已經穿好鞋子關上門，老媽的聲音從門裡傳出來。

我沒有時間回答。

搭上計程車，我往小琪的公司去，一路上不停地撥打江晉航的電話，但他關機，再打給小琪，她也沒有接聽。明明知道一個關機一個不接，我偏偏就是反覆不斷地按下撥號鍵，人眞的很奇怪。

到了小琪的公司，她公司同事說小琪這兩天也請假，這實在是太奇怪了，我只好騙他們公司的人說我是小琪在台中的表姊，硬是拗到小琪的住址，然後我又坐上計程車直接衝到小琪住處。

按了好幾聲門鈴，在我快要放棄時，小琪才緩緩開了門，對著我叫了一聲，「雨航姊。」

她讓我進門，我看到江晉航的行李箱放在門邊。「你們兩個在搞什麼鬼？電話爲什麼都不接？」找人找得太心急了，我的口氣也變得不太好。

小琪面有難色地對我說：「雨航姊，我和晉航分手了，可能要麻煩妳把他的行李箱帶回去。」

「怎麼那麼突然？」想到晉航老是跟我說他這次是真的，結果他居然被甩了？

「雨航姊，不好意思，讓妳擔心了。」小琪接著又向我道歉。

「到底發生什麼事？我們完全聯絡不到江晉航。」我說。

但小琪什麼也不跟我說，只是不停地道歉，並且一直說她和晉航已經分手了，卻怎麼樣都不透露發生什麼事，好像鬼打牆一樣。我問到最後乾脆放棄，只能拖著江晉航的行李箱離開。

我沒有辦法拖著這個行李箱回家，等等老媽問起來，我實在不知道要怎麼回答才好，所以決定先找到老弟把事情問清楚再說。

我只好過去工作室，但范天堯應該是外出做簡報了，工作室裡沒人，我又沒有保全卡可以進去，只能拉著行李箱在門外等。

結果居然下起了午後雷陣雨，三秒就可以濕掉半身的那種大雨。

工作室外沒有什麼可遮蔽的地方，就這樣，短短幾秒，我衣服都濕了，於是這才不得不拉著行李箱想趕快找個地方躲雨。

范天堯叫住我，拿著雨傘跑了過來，口氣很差地對我說：「雨下那麼大，妳是不會先找地方躲嗎？淋成這樣。」

我正要去躲啊！

算了，我也不想解釋太多，他拉過我手上的行李箱，刷了卡讓我先進門。

我站在原地，不過就是一個星期沒見的工作室，怎麼感覺這麼陌生？

但范天堯的背影還是一樣，他忙進忙出的，先遞了一條乾毛巾來，又倒了一杯熱茶給我。

「快喝掉。」他說。

但我包包裡的手機響起，我拿出來按下接聽鍵。「江小姐，請問妳到了嗎？我們約好了下午要面試。」

我完全忘了。

「不好意思，剛好臨時有點事來不及趕過去，真的很抱歉。」我一直道歉。

「沒關係，那妳能在半個小時內過來嗎？我可以幫妳把面試的序號往後排。」我覺得這個好心人以後一定會上天堂。

掛掉電話，我趕緊把手上的杯子遞還給范天堯，再把頭上的毛巾也丟給他，「我忘了我還要面試，得先回家換衣服，只有半個小時的時間，我先走了。晉航的東西先放在這裡，我面試完再打電話給你。」我急得拿了包包就要離開。

他從後面拉住我，「妳這樣跑來跑去，半小時絕對不夠用。我載妳過去，路上隨便先買套衣服換。」

我突然想起被我留在這裡的衣服，「不用了，你等我一下。」

我衝進小房間，在衣櫃內找到了那套衣服，用最快的速度換上。雖然我穿上後，全身都覺得彆扭，但爲了節省時間，也只能這樣了。

我走了出來，范天堯看著我，先是愣一下，然後微笑地說：「我的眼光眞好。」

明知道他說的是衣服，我還是心動了一下。

「走吧！我送妳過去。」他幫我拿了包包，又從茶水間裡拿來一條乾毛巾，轉過身對我說：「妳的頭髮還沒有完全乾，帶在車上等一下可以擦。車上有冷氣，萬一著涼就不好了。」

我點了點頭，沒有意識地跟在他後面，坐上他的車。一坐上車，看著他開車的側臉我就後悔了，我應該自己去的，這樣才不會越陷越深。

「我不知道妳辭職了。」他突然說，然後問著，「還好嗎？」

我點點頭，「很好啊！」

他看了我一眼，微微一笑，「嗯，看起來還滿好的，臉沒那麼凹了，可見他有好好照顧妳。」

他是指我媽嗎？「在家不是吃就是睡，我媽最近又在學做義式料理，我每天都在吃起司跟奶油，臉還能凹到哪裡去？」老媽最近完全西化，昨天還跟老爸去買了一套煮咖啡的器具，兩個人研究了一個晚上，十二點多還在煮咖啡。咖啡杯不夠用，還拿老爸的茶具盛裝咖啡，也是另一種中西合璧啦！

「妳媽回來了？」他疑惑地問。

我點點頭。

「所以妳是回家去了？」他臉上又露出了更多的疑問。

我又點了點頭。

他一個人抓著方向盤開始大笑，整整笑了十分鐘。我本來想建議他先把車開到台大醫院，檢查一下腦子有沒有問題，但他又開口了，「妳回家為什麼沒有跟晉航說？」

「我媽說要再讓他多吃點苦，叫我不要講。」

他會意地點點頭，「所以妳是回家住？」

「對啦！」一直重複問這個，腦子跳針跳到這麼嚴重嗎？

「因爲晉航說妳去住朱威家了。」

「怎麼可能！」我說。

他的笑意更深了。我不想再去討論我住在哪裡這件事，就把剛剛去找小琪的經過跟范天堯全講過一次。

「江晉航沒有跟你說他和小琪分手嗎？」我說。

他搖頭，「前幾天我下班要約他去吃東西時，他跟我說他要回去陪小琪，後來就找不到人了。」

「怎麼會這樣，他很少這樣找不到人的。」我開始擔心，畢竟江晉航很少被甩，應該不會失戀跑去做傻事吧！

他停下車，「到了，妳去面試，先不要想那麼多，我在外面等妳。」

我點點頭向他示意，下車走進辦公大樓，找到了面試的會議室。我面試的職務，是范天堯也覺得適合我的祕書工作。

向接待人員報到後，我被領進會議室中，坐在面前的是三位男性主管。

首先，坐在最右邊年齡看起來大約五十幾歲的A主管問我，「三十歲是適婚年齡，江小姐目前有沒有穩定的交往對象？近期內有結婚的打算嗎？」

我搖了搖頭，「目前沒有男朋友。」

A主管微笑著點點頭，繼續說：「因爲我們希望進來公司的員工除了人生規畫外，對於職場規畫也要有想法。不少女性員工錄取進公司不久後就結婚離職，就公司立場，培育人員也是非常辛苦的。」

我明白。

坐在左邊的B主管繼續問：「我看了妳的經歷，在之前的公司做了九年才離開，待這麼久了，爲什麼想離開呢？」

我不免俗地說場面話，「想換個跑道試試看。」

「這樣換工作，不會擔心外面環境很競爭嗎？」坐在中間的C主管接著說。

當然會啊！但我當然不會這樣說，我依然給了很好的說詞，「一直都有在進修，所以不會擔心。」

「江小姐，有沒有打算什麼時候結婚？」C主管再一次提這個問題，我剛剛不是回答過了嗎？是他們面試得太累了，還是我累了產生幻聽？

一直問我關於結婚的問題，爲什麼不問我會些什麼？可以做些什麼？就算我眞的結婚了，我也是可以繼續工作啊！

我耐著性子，帶著微笑回答，「目前沒有打算結婚。」

A主管皺了皺眉頭，然後說：「家裡的人不會催妳嗎？」

我發現我其實可以不用趕著來面試的，如果擔心三十幾歲的女人會因爲結婚不工作，當初在徵人條件中就可以先說明年齡方面的限制，打上限二十五歲以下女性，免得我來這裡還要被關心結婚問題。

「不會，爸媽很開明，有沒有結婚都沒關係。」我說。

三個主管同時皺了眉頭，「那如果爸媽催妳結婚呢？」B主管又補了這句。

我忍不住在心裡嘆一口氣，然後回答這個我完全不想回答的問題，「我想，結不結婚對別人來說可能有關係，但對我來說沒有關係。我不會因爲結婚就不工作。」除非我老公月入三十萬，不然以台灣物價這麼高、薪水這麼低的狀況來看，兩個人不同心協力怎麼養活一家子人？

「好了，那我們會開會討論過，再通知妳面試結果。」A主管說。

我起身，點頭，發現三十歲女人的求職路眞的很不容易走。

很無力地下了樓，范天堯站在車旁等我，我走了過去，他看到我的表情就說：「他們該不會是問妳有沒有結婚的打算吧！」

我無力地點點頭。他微微一笑，拍拍我的肩膀安慰我，開了車門讓我坐進去，他也隨後坐上駕駛座。安全帶都還沒繫好我就忍不住出聲了，「眞的很不懂耶，三十一歲女人又怎樣了，不結婚不行嗎？想好好工作不行嗎？幹麼一副我很快就會結婚，很快就會離開公司的樣子？不如請女嬰工作如何？就不用老是擔心女性員工結婚的問題！」

眞的覺得滿肚子委屈，我的工作經歷都沒有看在眼裡，履歷表下面列了一排我拿到的檢定證書也沒有看到，就只看到我的名字還有我的年紀，這對我們這些稍有年齡的女人不是太不公平了嗎？

無法解決這樣的不公平，我覺得很憤怒又很傷心。

「有些公司是這樣的，但這種公司不適合妳，千里馬也要遇到伯樂的，再慢慢找就好了，反正妳也沒有好好休過長假，就稍微休息一下。」他說。

我嘆了口氣，「休息太久我會坐吃山空。江晉航還敢說要養我，現在人都不知道跑去哪裡了。」

我再次從包包裡拿出手機，撥了電話給他，卻還是關機。「一直關機，小王八蛋，再這樣下去，絕對叫老媽出來收拾你。」我氣得又把手機丟進包包。

范天堯的手機倒是響了，他戴上耳機，按了通話鍵。我期待是老弟打來的電話，但不是。「小吳，怎麼了？沒有啊！公司很好啊！兩個人都快忙不過來了，剛剛嗎？好，我過去看看。」

「有朋友說看到晉航在店裡喝酒，跟他說話他都不理人，朋友以爲是跟我合夥不順利，打電話來關心。不然我們過去看看？」

我點了點頭，我這個老弟這次是玩眞的了，還借酒澆愁，我終於要見證他自己說的浪子回頭金不換嗎？

那間店的位置在巷弄內，兩旁都是舊式住宅，路的兩旁停了很多摩托車，又不停有摩托車進出，我們只好把車停在附近再走進去。一路上驚險萬分，一個不小心不夠靠邊走的話，不是被踢到腳，就是和經過的人肩膀撞肩膀。

消費方式是會員制，講簡單一點，你要是科技新貴或舊貴的身分，一張會員卡二十萬，這二十萬可以抵消費金額。我聽到范天堯這樣一說，整個人暴走，「二十萬的酒是要喝多久？瘋了才亂花這種錢，神經病。」

我心疼那二十萬。

范天堯笑了，「二十萬如果可以多做兩筆生意，那就很值得投資。」好吧！我知道成功除了需要靠實力，人脈也是很重要的。

他拿了卡片帶我進去，但我們晃了一圈都沒有看到江晉航，店裡的人說他剛離開沒有多久。

只好很失望地又走了出來。我們站在路旁，猜想他可能會去的地方，可是怎麼想都沒有頭緒。平常太不關心他了才會這樣，我忍不住自責。

「我們先回工作室看看，搞不好他回去了。」范天堯說。

「也只能這樣了。」我才踏出一步，摩托車就從我左後方來，車速有點快，我包包的背帶不小心被摩托車的鏡子勾到。我整個人要往前傾時，范天堯馬上拉住我，卻由於反作用力的關係，致使我們跌倒在路旁，而他的右手被停在一邊的摩托車排氣管狠狠地劃了好長一條。

血一直冒出來，我整個人嚇壞了，怕他失血過多，我只能逼自己冷靜。勾到我包包的摩托車騎士也趕緊下車來看。

「先叫救護車。」我對著騎士吼。

然後我馬上把范天堯的手抬高，拿掉他脖子上的領帶，在手肘上方的手臂處做了簡單的止血帶處理，每個動作我都在發抖。他的傷口看起來有十幾公分長，而且很深，一直流出紅色的鮮血。我看著，竟然不知不覺哭了。

范天堯居然還有心情笑，「妳哭了耶！我看到妳哭了耶。」

「你有病喔！你讓我跌個狗吃屎就好了，幹麼拉我？你自己看，割出這麼大一個傷口，你是想證明自己這樣很帥很酷嗎？」我邊擦眼淚邊唸他，如果剛剛讓我跌倒，頂多膝蓋手肘挫傷，大不了臉上再來點擦傷，都不會有他現在這麼嚴重。

「下意識動作啊，我怎麼可能眼睜睜看著妳跌倒。」他很帥氣地說，我聽了更難過，「還有，我收回想看妳哭這句話，妳哭起來太醜了。」

要不是他已經流了很多血，我絕對會再幫他割深一點。

結果我人生中第一次上救護車就是因爲范天堯。

到了醫院，醫生立刻幫他處理傷口，整整縫了二十三針。上了藥，醫生說明一些注意事項後，交代後天再來複診，看一下傷口的狀況，如果沒有化膿，之後再自己換藥就可以了。

范天堯割傷的是右手，這麼一來，肯定會造成生活上很多不方便。我眞的覺得非常抱歉，但他本人好像完全沒有感覺，在計程車上還在跟司機聊政治、聊社會，一臉的悠哉愜意，問他痛不痛，他就只給我一句，「我是男人耶。」

知道啦！

陪他回到家，他說他可以自己換衣服，但換了半個小時只穿了一半，我只好進去幫他換掉沾滿血的襯衫，然後做了簡單的粥給他吃。

他吃了一口，抬起頭問我，「妳不吃嗎？妳今天從下午開始就跑來跑去的，剛剛又在醫院待了一下，妳都不會餓嗎？」

「剛剛看了那麼多血，我怎麼吃得下。」這是我給他的理由。

但很快就被拆穿，「拜託妳不要自責，就是一個小小的意外。其實是我不好，如果我再往左邊摔一點就不會割到啦！是我的問題。」

我笑了，「你趕快吃啦！」他很有安慰我的本事。

他吃完後，我去洗碗。過了一會兒聽見手機響起，我趕緊衝出去接。老媽的聲音不用擴音器就很大聲了，「江雨航，妳現在是在搞什麼鬼？不回來吃晚飯也不說，妳好意思讓我跟妳爸在這裡等妳？妳如果是在談戀愛我就原諒妳，如果不是，妳回來最好給我一個交代，不然再把妳趕出去第二次，老娘我說到做到。」

我都還沒有機會解釋，老媽就掛掉電話了。

我很無奈，但范天堯猛在一旁笑，「要不要我幫妳解釋一下？」

「不用！」我走回廚房繼續洗碗。

再出來時，范天堯已經在沙發上睡著了。我蹲在他旁邊，看著他睡覺的樣子，眞心覺得他這輩子不知道欠了我們家多少，這幾天晉航沒有進公司，他一定很忙，現在又因爲我的關係，右手劃出一道那麼大的傷口。

我不禁嘆了一口氣。

范天堯不是特別帥，但他有好看的鼻子，把臉型襯得很立體，會讓人家看入迷的那一種。

他的手機突然響了，我慌張了一下，趕緊拉回視線。怕吵醒他，我很快地幫他接聽，電話那頭是我不小心忘了的那個人，劉以珊。

「怎麼會是妳接的？」她疑惑地說。

我眞的很後悔幫他接電話，尤其還是他女朋友的來電。晚上十點多，有個女人幫自己的男朋友接電話，哪個當女朋友的不會生氣？就算我很喜歡范天堯，我也不會去強求不屬自己的東西，我沒有想過要破壞什麼的。

我趕緊走到一旁，小聲地對她說了今天發生的事。「妳不要誤會，我等等就要離開了，妳要不要來照顧他？因爲他是右手受傷，行動上有些不方便。」

「我沒有辦法，我最近會很忙，就麻煩妳照顧他了。對了，我剛好在天堯家附近，麻煩妳幫我看看他書桌上是不是有一張喜帖，如果有，妳能幫我拿下來嗎？我差不多五分鐘後到。」劉以珊對我這麼說完就掛了電話。

我看著手機，滿肚子疑問，爲什麼她聽到范天堯受傷一點也不擔心，而且都在他家附近了，不上來看一下嗎？

我帶著好多疑問走到范天堯房間，在書桌上看到一張金色的喜帖。款式設計得很漂亮，可能只是樣本，上面寫了一些待修改的地方。這樣看來，應該是他們準備要結婚了。

這個認知讓我的心悄悄難過了一下，但也沒辦法，畢竟他們本來就是一對，結婚也是早晚的事。

我深呼吸一口氣，拿了包包和那張喜帖，搭著電梯下樓。一走出大門，就看到劉以珊站在警衛室外等我。

我走了過去，把喜帖遞給她，「妳眞的不上去看看嗎？」我又問了一次。

她開心地接過喜帖，笑著對我說：「不了，我還有一堆事要忙，就先麻煩妳啦！對了，天堯不喜歡薑味太重的食物，還有他不吃辣，吃花生會過敏，就這樣。那我先走囉！拜！」不到十秒，她的車就駛離了我的視線。

好吧！我想她是在忙結婚的事，而且既然是因爲我受的傷，我責無旁貸，必須還人家一個右手健全的老公。

回到家，我看見朱威坐在家裡，嚇了一跳。他怎麼會突然在我家出現？我走到他旁邊，問著，「你怎麼來了？」

他朝我燦然一笑，「我剛剛撥打過妳的手機，結果都沒人接。我媽寄了一堆柚子給我，我吃不完，就想拿一點過來給妳。上次聊到你們家現在住在這棟大樓，所以來碰碰運氣啊！結果遇到江媽媽了。」

我點了點頭。

老媽走了過來，把我拉到一旁，眼睛都冒出了愛心，「江雨航，妳這次絕對務必要把握機會，初戀耶！又重新遇到，這麼浪漫。」

「媽，我們現在只是朋友而已。」我說。

「沒關係啊，哪一種關係不是先從朋友開始的？所以我才叫妳要把握機會啊！要不要我晚上把他留下來過夜？」

我老媽去了一趟歐洲之後，回來整個人爲之開放，我都快被嚇死了。

「跟妳睡？」我反問老媽。

然後我被狠狠揍了一下。

朱威突然站起身對我老媽說：「江媽，我要先走了，明天還有很多工作。」

「這麼快？不再多坐一下？雨航才剛回來耶，要不要去雨航房間聊個天，我幫你們做消夜？我最近學會做披薩，要不要試看看？」老媽走到朱威旁邊，抓著他的手猛講。

老爸和我在一旁搖頭。

朱威也不好意思地笑了笑，「不用了，太晚了，下次吧！有機會一定要吃吃看江媽做的披薩。」

老媽眼看留不住他，就把我拉過去，「妳送朱威下去。」

「這麼大一個人又不會不見，爲什麼要這樣送來送去？」我當然知道老媽的意思。

老媽的臉色一整個嚴肅，「去！」她的尾音不容許我再說不。

我只好陪著朱威下樓，「不好意思，我媽就是那樣，很愛講那些有的沒有的，眞的很煩。」

「妳媽跟以前一樣開朗，而且更有精神了，剛才聽她說她去旅行的事，聽了好羨慕，我以後老了一定也要跟妳媽一樣。」

我點點頭，「我也想。」

後來，朱威停下腳步，一直看著我。我對他的行爲感到很奇怪，也只能一直看著他。他突然拍了一下手，「對啦！就是衣服，我一直覺得妳今天特別好看，好像有哪裡不一樣，原來是衣服。妳平常不會穿這種亮色系的。」

今天一直奔波，我早就忘記自己穿什麼了。

我笑了笑，「有這麼好看嗎？」

他一整個動作表情超誇張地說：「眞的很好看，雖然妳平常的樣子也好看，但穿這樣更好看，很漂亮。」

有時候，人的優點，是需要一個懂你的人發現，可惜，那個知道我優點的人已經要結婚了。

「怎麼了？說妳漂亮妳不適應？表情怎麼那麼哀怨？」朱威看著我問。

我搖了搖頭，「沒有啦，開心死了好嗎？」

「但妳的臉色不太對勁，如果把我當朋友，不應該跟我說一下嗎？」朱威眉頭一皺，假裝生氣地說。

於是，眞的把他當朋友的我，把今天發生的事情全部跟他說了一次，他聽完直呼，「妳最近過得好精彩啊！」

「精彩個頭，我現在眞的很擔心晉航。」我說。

「不要想太多，我相信晉航只是需要時間。像妳之前拒絕我，我也是需要一點時間思考啊！看我們現在這樣不是很好？」朱威眞的很會比喻。

我安心了不少。

「我比較擔心妳的心情。」

「我很好。」反正會好的，就像之前一樣。

我是人，我當然也有自私的一面，我當然會想，如果我們相遇得早一點，我是不是就能有機會？可惜那個「如果」不會發生，所以「機會」這件事也不會發生，那麼，那些喜歡，就當做是自己生命中的磨練。

這麼感性的時刻，我的肚子突然叫了一聲。一整天沒有吃飯，身體終究是抗議了。

朱威看著我大笑，接著說：「我剛才過來的時候，看到前面路口轉角在賣烤番薯，妳現在還喜歡吃嗎？要不要去買？」

我點了點頭，的確有很多事會變，但也有很多事是不會變的。

我和朱威一起走到攤子前，各挑了一條烤番薯，朱威把大的那條遞給我，賣番薯的老伯笑著說：「疼老婆！以後會大富大貴，算你們便宜一點。」可以便宜一點，那就不用解釋什麼。

朱威拿了錢給老伯找零，老伯的眼神放在我跟朱威的後面，然後邊找錢邊搖頭，「唉唷，現在的年輕人都這樣啦！不管有沒有人在，頭一靠近就親起來，還是看你們兩個這樣順眼啦！在大馬路上亂親，能看嗎？」

基於人的好奇心，我和朱威同時轉過了頭。

離我們後方不到五十公尺處，有一對相擁熱吻的男女，男生是外國人，高高大大的，五官很帥氣，他的手在女人的身上游移。如果我沒有看錯的話，那套衣服、那個髮型，還有那張臉……就是劉以珊！

她在幹麼？

我和朱威拿著番薯對望著，他一臉「不會吧」的表情，上次在日本料理店遇過，所以朱威還記得她，也和我一樣覺得不可思議。

只要想到范天堯會難過，我的心就揪了起來。

我絕對比范天堯更不想相信我看到的這件事是眞的。

似乎是因爲我和朱威還有賣番薯老伯三個人觀賞的眼神太過強烈，外國男子先注意到我們的注視後，緩緩停了下來。接著是逐漸和外國男子的嘴唇分開的劉以珊也回頭朝我們看了一眼。

看到是我，她並不顯得驚訝，反而淡淡地笑了一下，沒有跟我打招呼，就牽著外國男子離開了。

我和朱威兩個人愣在原地很久。

賣番薯的老伯出聲叫了我們，「散場了啦！你們也看得太入迷了，趕快回家去練習啦！下次來表演給我看。」

我們兩個根本聽不進老伯的話，朱威緩緩地說：「妳看到的跟我看到的一樣嗎？」

我轉過頭面向他點了點頭。

他又繼續問：「那個女人不是他女友嗎？」

我也點了點頭。

然後朱威罵了一些髒話，「現在女人眞的很不得了，有男朋友了，還能跟外國帥哥在路上親到快把馬路當賓館，這眞的眞的太可怕了！怎麼會這樣？而且她明明就看到妳了，居然還可以這麼鎮定，她還對妳笑耶，靠，妳確定我們看到的是人嗎？」

我苦笑了一下。

就像朱威講的，劉以珊知道我目睹了一切，卻一點都不慌張，甚至還對我微笑，這不像是一般偷吃的人會有的樣子。她應該要驚慌，應該要馬上跑到我面前，掉著眼淚希望我不要告訴范天堯，這才合理吧。

但她什麼都沒有做，好像這一切光明正大理所當然一樣。

我吃不下番薯，丟回給朱威。他知道我的煩惱，帶我到附近的便利商店，幫我買了一杯熱咖啡。我坐在便利商店外，滿腦子都是事情，卻什麼事也搞不清，一下是晉航、一下是范天堯、一下是劉以珊，唉！

「妳已經不知道嘆氣幾百次了。」他把咖啡遞給我，「我跟妳說，妳現在什麼都不要想，想了也沒有用，一切順其自然。」他說。

我又不由自主地嘆一口氣，「朱威，你知道嗎？他們快結婚了。」我沒有忘記，一個小時前，我才剛拿了他們的喜帖給她。

朱威被自己的咖啡嗆到，他也忍不住嘆氣，「妳知道嗎？妳現在只有兩條路可以走，一條是講，一條不講，身爲朋友的我，會希望妳去告訴范天堯，然後他跟那個女人分手，跟妳在一起。但身爲妳前男友，還懷抱一點點希望的話，我當然希望妳不要講，讓他們結婚去，這樣我才有機會。」

我抬頭看了一下朱威，他莞爾，「好啦，後面是開玩笑的啦！雨航，如果換作我是范天堯，我會希望妳告訴我。」

是這樣嗎？說了的後果會是什麼？我不知道，我只擔心萬一他知道了會非常難過。想到那天一起去吃飯時，他對劉以珊那麼溫柔，應該是很愛她的吧！

這一晚，我想了很久，最後還是沒有答案。

人常常會把自己丟進兩難之間，如果要問今年我最後悔的一件事是什麼，大概就是我爲什麼要買番薯，不去買的話就不會看到那個場面了。這輩子我再也不吃番薯了！

翻來覆去一整夜，一下想到江晉航，手機就拿起來撥，但一樣是關機，我只好傳簡訊。一下想到范天堯，我就會把手機丟到一旁，很怕自己會太過衝動打電話給他。

一整個晚上下來，我跟個神經病沒有兩樣。

早上六點我起床了，不，應該是說我完全沒有睡，本來想趁老爸和老媽還在睡的時候先出門，免得又被老媽問來問去：怎麼那麼早起來啊，要去幹麼啊？

「怎麼那麼早起來啊，要去幹麼啊？」我才剛走出房間，老媽的聲音馬上傳過來，我狠狠地嚇了一大跳。

「媽，妳怎麼那麼早起？」我講得很鎮定。

「妳姊姊說要帶我跟她婆婆一起去吃早餐啦！要去吃什麼港式早餐，最近新開的。」老媽邊說邊往臉上擦保養品。

老姊眞的變了很多，很好的改變。

「啊妳那麼早是要跟朱威去約會喔？那麼早要出門，妳昨天就不要回來啊，跑來跑去不累嗎？」老媽又在講朱威。

「媽，我很嚴肅而且非常認眞地跟妳說，我和朱威只是朋友，現在是，以後也會是，我對朱威已經沒有那種感覺了，而且我們現在是很好的朋友。」我看著老媽的眼睛，希望她能感受我如此堅決的意念。

她分心地又拿起另一瓶保養品，「江雨航，那問看看朱威有沒有什麼單身的男性朋友，給妳介紹一下啊！」

跟我老媽認真就輸了，我輸了三十一年。

嘆了一口氣，不想再繼續這些話題，「媽，我要出去了，可能很晚才會回來。」

「去哪裡？妳最近都怪怪的喔！對了，我昨天打了一整天電話給江晉航他都沒有接，到底是在搞什麼？連我的電話也不接不回，在外面玩瘋了嗎？妳跟他說，今天不回來就都不要回來了。」老媽這一講，我腦袋全空了。

我也在找他啊！

我整個人無力地癱在沙發上，一堆鳥事朝我滾來，到底還會繼續滾來哪些事？

「啊妳不是要出去？」老媽用腳背踢了踢我的小腿，「快出去啊！出去談戀愛啊！還坐著幹麼？」

我嘆了口氣，無奈地起身，準備出門前又回頭問老媽，「媽！要讓傷口快點癒合的話，吃什麼比較好？」

「癒合？妳有朋友剖腹產嗎？」老媽很認真地問。

當我沒有問。我關上門，這世界上你唯一能依靠的只有自己，還有google。用手機上網查了什麼食物對傷口癒合比較有幫助，我直接衝到傳統市場買了一些食材，再到范天堯家。

到他家門口時，我一看時間，才早上七點半。是不是太早來了？他昨天失血過多，應該要多睡一點，晚一點再按門鈴好了。

我只好坐在他家門口，繼續打電話和傳簡訊給老弟，他如果真的開機，可能會被未接來電和簡訊嚇死，從昨天到現在少說也累積了五十通。

我昨天晚上幾乎沒睡，一坐下沒有多久就開始睏了。我把頭靠在牆上，閉起眼睛，不知不覺就睡著了。

「雨航、雨航！」范天堯的聲音在我耳邊響起，我馬上睜開眼睛，看到他站在我面前，笑得很開心。

「你起床了？」我用力地站了起來。

「妳來了爲什麼不叫我？還是警衛打電話上來跟我說有人在我家門口睡覺，問看看是不是我朋友。」他滿臉春風得意的樣子，心情不知道在好什麼。

「到的時候覺得時間好像太早了，讓你多睡一下。」

他一直笑著，用左手接過我手上的東西，和我一起走進屋裡。

我先到廚房煮了早餐，想起劉以珊說范天堯不喜歡薑，也不能吃辣，我簡單地幫他煮碗牛肉湯，再做個簡單的蛋餅。我忍不住又感嘆，如果今天是劉以珊在這裡幫他煮早餐，他應該會很感動吧！

「晉航說妳煮東西很難吃，我覺得不會啊，昨天的粥很好吃，今天的牛肉湯也很好喝，還好沒有薑。」他喝了一口湯之後對我說。

「是以珊跟我說你不喜歡薑的。其實她昨天來過，可是你在睡了。她很關心你的傷口，只是她說最近很忙，沒辦法常過來看你。還有，放在你桌上的喜帖她拿走了。」我說這些話的時候，不停想起昨天劉以珊和外國男子擁吻的畫面，覺得有一點憤怒，有一點難過，有一點無奈。

連老天爺都不會知道我現在心情有多複雜。

他抬起頭對我笑一笑，沒有說什麼，然後繼續吃著早餐，表情看起來很幸福。我想到了他對我說的那句，「全世界都在騙人，如果不騙自己，日子會難過的。」

爲了讓你好過，我只好騙你了。

「我覺得妳今天一直在看我，我今天特別好看嗎？」他喝了一口湯之後說。

「是特別礙眼。」我回答。

他又笑得更開心了。這麼有病的一個人，讓他知道自己女友在外面亂來，他肯定會沒救的。

吃完早餐，他坐在書桌前，用左手翻著雜誌，我則是一直在打電話，但江晉航的手機還是轉語音信箱。我已經想好等我看到他的時候要怎麼凌虐他，先幫他剃個光頭，再餵食他大量的鹽酥雞，讓他滿臉爆痘，再每天讓他喝完整杯的黃金比例冷飲胖死他！

「妳再打下去，手機都要燒壞了，給他一點時間。」他看著我，很鎮定地說。

「我可以給他時間，但我媽不行，我媽說他再不回家就別回家了。我不在乎他到底要不要回家，但我很在乎他的安全，只要讓我聽到他的聲音，我就可以安心了啊。」

我洩氣地把電話丟到一旁，「而且工作室怎麼辦？你的手又這樣，這樣下去公司會不會倒啊？」我不是怕江晉航沒有工作，將來我老的時候沒人養我，我是擔心范天堯對這間工作室付出的心血，他在工作室的時間都比在家多，我知道他付出了很多。

他放下雜誌，表情很有信心地說：「不會！而且妳不要擔心晉航，他應該只是因爲分手一時心情不好，不會亂來的。」

「他以前都不會這樣的，這次居然完全找不到人。」

「男人失戀除了喝酒也不能怎樣啊！難道妳要他哭著跟妳說：『二姊，我被甩了，我被拋棄了！』這樣嗎？」他還裝哭，以爲自己很萌嗎？要不是他手受傷，眞的就只有招打兩個字。

我看著他，不自覺地問了，「那你呢，如果你女朋友跟你分手的話，你也會這樣消失不見人影嗎？」

他看著我思索了一下，「這就要看愛得多深，是用什麼方式分手的。」

「那如果是她背叛你呢？」我提心吊膽地問。

「那我應該會消失個十年吧！」

「這麼嚴重喔！」

他看著我，很嚴肅地點了點頭，「這世界上不會有任何一個人可以接受背叛的，妳可以嗎？」

我搖搖頭。

背叛，是一種抹殺，抹殺了最幸福的時光，最後只剩下痛苦以及悲傷，你也就只能抱著這些不快樂來回憶彼此。

他把臉湊到我面前，「我還是覺得妳今天怪怪的，發生什麼事了嗎？」

「沒有啊！哪有！」我說。

他不太相信，「別忘記我說要懂得適時求救，有事一定要跟我說，知道嗎？」

「好啦！」我說。

「我換個衣服，要去工作室拿一些資料。」他說完話，一轉身，受傷的右手就撞到一旁的CD立架，痛到緊皺眉頭，咬著嘴唇。

看到他痛成那樣，我也忍不住苦了臉，「很痛吧？」

他用力地點了點頭。

「我去幫你拿，你在家休息好了，等等一出去又撞來撞去，傷口永遠都不會好。」我說。

他表情哀怨地告訴我文件放置的位置。我當然知道他也想出去晃晃，但是沒有辦法，傷口禁不起碰撞，出門人多，又撞到就不好了。所以他還是乖乖在家比較妥當。但我答應他，回來會幫他帶碗八寶冰。

他指定要大碗的。

到了工作室，我從范天堯指定的位置找到兩份他需要的文件。本來想拿了就離開，但看到工作室有點亂，決定稍微打掃一下，不然兩個主人都不在，還有誰能整理？

這時，我發現小房間的門微微開著，走過去想把它關上時，居然發現床上躺了一個人，而且還是我這幾天朝思暮想牽腸掛肚的人。我深吸了一口氣，緩緩走到床旁邊，然後抽起他頭底下的枕頭，開始用枕頭狠狠揍他！

「江晉航，你知不知道我有多擔心你？回個電話手會斷掉嗎？」我生氣地罵著。

老弟從睡夢中被打醒，整個人跳起來，慌張地在房間裡面奔逃。

「跑個屁啊！我是不是說過，你最好不要被我找到，找到了我一定要狠狠揍你嗎？」我追在他後面喊。

後來我和他都累了，他站在床頭，氣喘吁吁的，我蹲在床尾，上氣不接下氣。

「妳不要打了啦！」江晉航先出了聲音。

我看他整個人變得很憔悴，瘦了一大圈。向來愛漂亮的他，頭髮亂得跟鳥巢一樣，鬍子也沒有刮。我心軟地把枕頭丟到床上，「你可以告訴我你到底發生什麼事了嗎？」

我連聲音也放軟了。

他無力地坐在床邊，抓了抓他的頭髮。

我坐到他旁邊，看著他說：「我去找過小琪，她跟我說你們分手了，還叫我幫你拿行李回來，你的行李箱在後面倉庫。」

「嗯。」他無奈地回答。

「眞的分手了？」我問。

「嗯！」一句比一句更無奈。

我聽得很心急，「到底爲什麼那麼突然要分手？」

「因爲她懷孕了。」

老弟的回答讓我心臟無力，兩秒後開始火大，我又拿起床上的枕頭揍他，「你看看，我就知道會有這一天，老媽不是交代你要做好安全措施嗎？現在人家懷孕了，你就拋棄人家，江晉航，你好可恥！」

老弟沒有躲也沒有還手，他只是淡淡地說：「是她拋棄我，她說她要自己一個人把小孩生下來。」

我馬上停手，「你再說一次？」

「那天我下班回去，她就跟我說要分手，還在我吃泡麵的時候說，也不怕我會噎死。我以爲她跟我開玩笑，結果她連我的東西都幫我收好了，說以後都不要再聯絡。喂，江雨航，我眞的可以體會那時候妳和朱威分手的心情耶，就只有四個字可以形容，莫名其妙。」他嘆了口氣後就開始一直講，但眞的可以不用拿我來當比喻好嗎？

本來想安慰老弟，分手就分手，難過歸難過，但時間一長什麼都會好的。可是現在不是只有愛這個問題，還有小孩的問題，那麼複雜怎麼破解？

我抱著枕頭，眼睛盯著江晉航，覺得他的麻煩比我的更大。

「我一直問她爲什麼要分手，她都不講，後來被我看到驗孕棒，我死命追問，她才說她懷孕了。我本來還在想是要生完小孩再結婚，還是先辦結婚，我一句話都還沒說，她就直接告訴我不需要結婚，小孩她要自己養。」老弟講完就一直看著我。

「幹麼？」我覺得他的眼神很奇怪。

「江雨航，妳可以跟我說一下你們這種人在想什麼嗎？」這是什麼問題？什麼叫我們這種人？我狠狠地伸手敲了一下他的頭。

「我在想，如果孩子的爸像你這麼不可靠，我也只好靠我自己。」老弟一定是平常太嘻皮笑臉，讓小琪覺得沒有安全感，才會這樣子的。

「我哪裡不可靠了？」老弟憤憤不平地說。

「全部。」我發自內心地回答。

他被我氣到躺在床上，什麼話都不想講。

「江晉航，我跟你說，你要慶幸的是小琪說她要自己養，而不是說她想把孩子拿掉。」一個女人願意自己一個人生下對方的小孩，還要把小孩養大，不就是因爲愛嗎？

「什麼意思？」老弟一臉不解。

我更不解，老弟打日文版的電動遊戲都很厲害，小時候學過日文嗎？沒有啊！那爲什麼遊戲裡的日文是什麼意思他都懂，我講的中文他就聽不懂？

我只好用更白話的意思解釋，「哪個女人閒著沒事幹自己生小孩自己養的？」所以小琪愛江晉航這件事，我是肯定的。

江晉航似乎終於懂了。

我嘆了口氣，對他說：「拜託你趕快回到正常的生活，她肚子裡有你的小孩，你們要斷有那麼容易嗎？你眼光可不可以放遠一點？你再繼續這樣頹廢下去，就算小琪要嫁給你，爲了她好，我也會反對。」

我再補一句，「你知道我是說到做到的人。」

他看著我，點了點頭，眼眶有一點泛紅，「江雨航，謝謝妳啦！」

「二姊。」我糾正他。

老弟嘴角輕輕揚起，用手擦了一下眼眶，「二姊，謝謝。」

老實說，這聲二姊盼了這麼久，我現在聽到只覺得全身不舒服，老弟還是繼續連名帶姓叫我好了，我比較習慣。

「老媽已經回家了，你等一下東西整理好就先回家，這件事要記得先跟老爸老媽說。」我似乎已經聽到老媽大吼江晉航的聲音，忍不住摸了摸耳朵。

「妳不跟我回家嗎？」老弟問。

「我是過來幫范天堯拿資料的。」我說。

這兩天活在自己世界的老弟已經跟不上我的腳步，我只好很有耐心地跟他說明我離職、回家，還有因爲去找他而害范天堯受傷的過程。

「所以我等等還得幫他買八寶冰回去。」我的結論。

我講完，老弟一直看著我，想要說什麼又不知道怎麼開口的樣子，「你有話快講啊！」我催促他。

他還是繼續看著我，過了很久才說：「江雨航，妳應該知道學長有女朋友了吧！」

我點點頭，關於這一點我非常清楚。

「學長和以珊姊是從小時候就認識的青梅竹馬，雖然他們是這幾年才開始在一起，但他們家裡的人都非常支持，我常聽學長的媽媽催他們快點結婚，所以他們是會結婚的，妳知道嗎？」

我知道，我還看過喜帖。

「你到底要講什麼？」我問。

「我看得出來妳對學長的態度不一樣。」

我沒有回答，和江晉航當了三十年的姊弟，我的所有舉動他都很清楚，如果我再狡辯，只會讓自己更難堪而已。

「江雨航，不要陷得太深，他們的感情是不會被破壞的，我不希望看到妳受傷。」

老弟擔憂地看著我。

我明白他的顧慮。

「我看起來像會破壞別人感情的人嗎？」

「就是知道妳不會，我才擔心。」

我和老弟對看了幾秒，然後我笑出來，「我知道你的意思，我自己會看著辦，你不用想太多，你現在給我回家好好休息，然後再來想想接下來要怎麼做。」

我走出房間，拿了桌上的文件，離開工作室。

我沒有想到我還笑得出來，站在大太陽下，我看著藍藍的天空，心裡很酸很亂。當我知道自己對范天堯的感覺不一樣時，我其實害怕過，很久沒有喜歡上一個人的我，來來去去最後還失去那些感情的我，還知道怎麼愛嗎？

愛，對我來說有點陌生又有點熟悉，一直覺得單身的我過得很好，但是心的空虛只有我自己知道，那不是工作填滿得了，也不是家人彌補得了，除了空虛之外，還有更多情緒叫作不安。

不知道怎麼愛這件事，比愛了之後受傷更讓我來得恐懼。

我很清楚接下來會發生什麼事，范天堯和劉以珊結婚，我依然一個人生活，然後逐漸淡忘自己對他的感情。

只是那段過程會很辛苦就是了。

但，會痛，證明我還有愛的能力。

我深吸一口氣，攔了計程車，回到范天堯家。他開心地幫我開了門，我把文件遞給他，「我剛剛順便做了一些簡單的壽司，放在冰箱裡，還有味噌湯，你要吃的時候稍微熱一下就好。我要先回去了，明天再陪你去複診。」

轉身要走的時候，他拉住我，「爲什麼那麼快要回去？」

我回頭面對著他，很想對他說：因爲你要結婚了，我們得保持距離，免得你們結婚的時候，我會躲在棉被裡偷偷哭泣。

「我等等還要去面試。」我撒了個謊。

他看著我，望進我的眼睛，像要看進我的心，我覺得自己好像要被赤裸裸地看穿時，他才放開我的手，對我說：「我的八寶冰呢？」

我沒好氣地瞪了他一眼，「明天再買啦！」

我轉身離開，他還繼續在我後面說著，「面試的時候如果再有人問結婚的問題，妳就馬上走人……」

電梯門關上，好像還能聽到他的碎唸，以前覺得很討厭，現在反而變得很喜歡，但是，以後就再也聽不到了。

我已經開始感傷了。

不過這情緒沒有持續太久，我一回家就看到老弟被罰跪。老媽在客廳看書，老爸在整理他的茶具，看到我回來，對我使了個眼色。我知道老媽剛剛應該大發火了，老弟抬起頭來看著我，一臉可憐的樣子。

我都還沒說話，老媽就放下書對我說：「江雨航，跟我出去。」

不知道老媽要去哪裡，但是她的聲音冷靜到我猛打哆嗦，只能跟在老媽後頭。上了計程車之後，老媽問我，「那女孩的公司在哪裡？」

我很猶豫要不要講，畢竟老媽現在看起來很不一樣。

但前座的計程車司機已經不耐煩了，「請問要到哪裡？」

我只好硬著頭皮說出地點。

二十分鐘後，我和老媽見到了小琪，我們坐在咖啡店裡，小琪坐在我們對面，這緊繃的氣氛讓我幾乎要窒息了。我很擔心老媽會對她大發飆，這樣對坐了三分鐘，原本面無表情的老媽對著小琪笑了。

「妳叫小琪？」老媽微笑地問著。

小琪很有禮貌地點點頭，打個了招呼。

「我知道妳有了我們江晉航的小孩，他跟我說妳打算自己一個人生下來，一個人養？」老媽很直接地進入主題。

小琪也點了點頭。

然後老媽嘆了口氣，「我知道我們江晉航玩心很重，妳不想為了小孩跟他結婚，我可以接受。你們年輕人的事要怎麼處理我不想干涉，但是妳眞的確定妳可以嗎？妳自己要生下小孩，妳家的人知道嗎？他們可以接受嗎？」

小琪對老媽說：「江媽媽，我不知道我可以不可以，但是我會努力，所以我覺得我做得到。」

這句話我也很常對自己說，難怪江晉航會說「你們這種人」，我似乎可以理解小琪的做法，如果是我，我想我也會這麼做，怪只能怪老弟讓人太沒有安全感了。

原以爲會大吵一架，後來卻變成老媽和小琪聊得非常開心。老媽說會支持小琪，不管她做什麼決定，就算小琪後來決定不想要小孩，她也能夠理解。

老媽對小琪說了一句話，「我不會偏心江晉航，因爲我知道女人會有多辛苦。」當下我很想起立鼓掌。

我媽就是不一樣。

送小琪回公司之後，我們站在公司大樓門外。我準備去叫計程車時，老媽跟我說：「江雨航，老媽上次說妳去生個小孩陪妳也好，這句話我收回。」

「媽，妳幹麼突然說這個？」

「看小琪這樣連我都很捨不得，更何況她自己的媽媽。人家要是知道的話會有多難過？」老媽嘆了一口氣。

我笑了笑，「那妳不反對我單身了吧！」

「錯，我覺得妳現在的目標是找個好對象，按照步驟來。如果妳對朱威沒有感覺，那妳想去相親嗎？老媽可以安排。我覺得人生還是不能太亂來，老人家說的沒有錯……」老媽還繼續在講。

但我已經不知道翻了幾百次白眼了。

然後我看到劉以珊從大樓走了出來，站在一旁的仍是那位外國男子。她勾著他的手，兩個人聊得很開心。

我攔了輛計程車，先把老媽送上去，「媽，妳先回去，我還有事，等等就回家了。」接著轉身往劉以珊的方向跑。

「江雨航，妳最近到底在搞什麼？妳不准給我未婚生子啊，有沒有聽到！」老媽在車子裡大吼。

顧不得路人的眼光，我跑到了劉以珊面前攔住他。她驚訝地看著我，我也看著她，但她的手還是繼續勾著外國男子沒有打算放開。

我頓時很生氣，為范天堯生氣。我把她從外國男子的旁邊拉開，「雨航，妳幹麼？」她驚訝地問我。

「妳不覺得妳很過分嗎？妳有沒有想過范天堯的心情？他受傷了，妳不去照顧他，還一直跟別的男人在一起，妳對得起他嗎？」

劉以珊笑了一下，又走回外國男子旁邊勾住他的手，「我有什麼好對不起他的？」看到她這樣我火更大了，「妳都這樣了，還說沒有什麼對不起他的！」難道要他親眼看到你們兩個上床，妳才會覺得對不起他嗎？

「這樣又怎樣了？而且說眞的，江雨航，我知道妳喜歡天堯。」劉以珊這句話讓我整個人愣住了。

「都是女人，我怎麼會看不出來妳看天堯的眼神不一樣，妳應該趁這個機會去跟天堯說妳看到了什麼，這樣妳才有機會和他在一起啊！」她又笑了笑。

好吧！我想全世界的人都看出來了。

「我不會那麼做，這兩天的事我不會告訴他，我只希望妳好好回到他身邊。」說完，我轉身離開。

可憐的范天堯，我真的很想為你哭泣。

回到家，老爸說老媽在弟弟房間裡，兩個人談了很久都沒有出來，老爸的表情看起來有點複雜。

「爸，你不要擔心，你要相信，你娶了一個很好的老婆，老媽會好好處理的。」

聽了我的話，老爸的表情稍微開朗了一點，微笑地點了點頭。

我很喜歡老爸此刻的表情，那是對老媽的一種信任和一種驕傲，我看了好羨慕。什麼時候我也可以擁有這樣的另一半，他只要想到我，就覺得安心、覺得驕傲。

我在心裡無奈地笑著，還是繼續單身吧！

我好好整理了自己，一整天下來我已經累到快虛脫了。洗了個澡，躺在床上，明明已經全身沒有力氣，卻還是一直睡不著。

在我不知道躺了多久之後，手機傳來了簡訊提示音。

我翻過身拿起手機，「家裡的密碼是〇九〇八，不要又坐在門口睡覺，萬一妳感冒了誰做東西給我吃？睡飽了再過來，晚安。」

是范天堯。

簡訊的每字每句都讓我很感動，也很開心，可是，該做東西給你吃的人是劉以珊，不是我啊！

我嘆了口氣，今天又要失眠了。

第十章

單身的人，總是等待著有一天可以被救贖。

隔天，我又帶著兩顆超大的眼袋走出房門，把老爸狠狠嚇了一跳，「雨航啊！妳昨天熬夜了嗎？眼睛好紅。」

我無奈地點點頭，「睡不好。」

走到廚房想喝水，就看到江晉航一直跟在老媽後面。老媽在流理台洗菜，他就跟到流理台，老媽走到瓦斯爐旁試湯的味道，他就跟到瓦斯爐旁，老媽轉身要走到冰箱拿東西，卻和江晉航迎面撞上了。

老媽氣得對老弟大吼，「你不要一直跟在我後面！」

「那妳就帶我去啊！」老弟苦苦哀求。

「我爲什麼要帶你去？你要去的話，自己要得到小琪同意啊！她說了算，跟我沒關係喔！」老媽一臉事不關己的樣子，要老弟自己想辦法。

「她連我電話都不接，我怎麼跟她說？妳都要去看她了，就順便帶我去。」老弟擋在老媽面前。

「不要，我昨天說得很清楚，你和她的事自己解決，跟我沒有關係，我要去照顧我孫子，你如果想照顧你自己的小孩，自己多努力一點吧！」老媽用力推開江晉航，到冰箱拿了蔥。

老弟一看到我，以爲看到了另一個救兵，「江雨航，妳看老媽怎麼狠心這樣對自己的兒子，完全不站在我這邊，難道不希望我快點跟小琪和好，然後她有孫子、我有兒子嗎？」

我只冷冷地對老弟說了一句，「自己的幸福自己努力。」

不是嗎？

「說得很好，江雨航，不愧是我女兒。那妳要陪媽去看小琪嗎？我昨天看她那麼瘦，手又冰，自己一個人住一定沒有好好吃飯，接下來懷孕會有多辛苦？可憐啦！遇到我兒子。」老媽邊說還邊嘆了一口氣。

我在心裡偷笑，老媽是故意講給老弟聽的。

「不行啦，我還有事，等等要出去。」我說。

「又要出去，以前是江晉航，現在是妳，都不知道在搞什麼鬼！」老媽說完又走進廚房。

老弟看了我一眼，我知道他眼神裡的意思。

我心虛地別過頭，回到房間稍微整理之後，用最快的速度出門。到了范天堯家，按下他昨天跟我說的密碼，走進去，看到他正在廚房做早餐，我趕緊走了過去。

「你這樣很危險。」我說。

他轉過頭笑著對我說：「妳來啦！我沒想到我左手也這麼強，早餐我都做好了，是不是很厲害。」他笑得像個小孩子似地跟我邀功。

我笑了笑，「很強，這樣表示我可以讓你自生自滅了。」

他馬上變臉，「啊！我的手又開始痛了。」我只能說他演技有待加強。

我接過他手上的鍋鏟，「我來吧！」

把早餐都放上餐桌後，他從冰箱拿出一杯優酪乳放到我面前，「這是什麼？」我好奇地問。

「這是蘋果優格，我剛才用果汁機做的，以珊說女孩都會喜歡這味道。看妳這兩天爲了照顧我跑來跑去，特地賞妳的，妳快喝喝看！」

我拿起來喝了一口。

「好喝嗎?」他一臉期待。

我點了點頭，很好喝，劉以珊眞的是一個很幸福的人，她卻不懂得珍惜。

「發生什麼事了嗎?妳表情怪怪的，而且妳的臉又凹了，眼袋還這麼深，昨天不是很早就回去了，還是又面試得不開心了?」他伸出左手抓著我的下巴，看著我說。

我覺得自己快要陷入他的眼神裡，緊張地拍掉他的手，「沒有啦!你快點吃。」

不能再這樣下去了，眞的。

我怕我會好不了。

用最快的速度吃完早餐，幫他整理好房間，我催促他趕快出門。

「還早啊，幹麼那麼趕?」他放下手上的文件，十分不解。

我現在只想趕快去醫院，複診確定沒事，我就再也不需要照顧他了，這樣我就可以開始重新生活。

而這一份喜歡會陪著我繼續過日子，直到我喜歡上另一個人。

「反正現在沒事做，早點去有什麼關係。」我說。

「好吧!妳說好就好，我去拿健保卡。」

到了醫院，我們先掛了號，便坐在候診室等著。對面坐的是一年約七十歲的老夫老妻，老婆婆坐在輪椅上，老伯伯正拿著牛奶餵她喝，結果老婆婆不小心噎到了，他趕緊拄著拐杖起身向護士小姐要衛生紙，細心擦拭老婆婆的嘴角。

老爸老媽以後應該也會是這樣子的吧！還有老姊和姊夫，有可能晉航和小琪也是。但我可能不會有這麼一天，我得自己照顧自己。

「在想什麼？」范天堯突然出了聲。

我回過神，「我在想，我以後住養老院的話，要記得不可以喝牛奶，因爲嗆到了沒有人幫我拿衛生紙。」

他笑了笑，「妳不會住養老院的。」

范天堯不懂得要自己一個人變老的心情。

「范天堯先生。」護士小姐叫著他的名字。

我陪他走進診間，醫生檢查過他的傷口，再重新包紮，說狀況很好，繼續保持就可以，我也鬆了一口氣。

「你在這裡等我，我去幫你拿藥。」

他伸出左手順了順我的劉海，面帶微笑對我說：「辛苦妳了，等我的手好了，再做大餐給妳吃！」

我又拍掉他的手，這種動作會讓我意亂情迷。

他痛得縮手，「妳知不知道妳打人有多痛？」

不這樣子，以後我會更痛。

我走到領藥的地方，沒想到又遇見劉以珊。她看到我，笑著走了過來，「我們兩個還滿有緣分的，台北市這麼大，怎樣都能遇到妳。」

「我陪范天堯來複診，他在前面那裡，妳不過去看看他嗎？」我說。

她搖了搖頭，「我得趕回去公司。」

「從他受傷到現在妳都沒有去看他，妳不是他女朋友嗎？妳要偷吃什麼的我不想管，也沒有資格管，既然你們都要結婚了，妳是不是應該把關係整理清楚，好好跟他在一起，好好珍惜他？可是妳沒有，妳再這樣下去，我一定把全部的事都告訴范天堯！」

我氣呼呼地訓完她，拿了藥就走，不想再多面對她一秒。

范天堯一看到我就說：「怎麼啦！表情怎麼這樣？」

我平復一下心情，收起臭臉，隨便扯了個謊，「因爲剛剛有人跟我推銷，問我有沒有小孩，我說沒有。對方問我爲什麼，我也很想知道，我都三十一歲了，爲什麼沒有結婚沒有生小孩！」想到劉以珊，我就越說越生氣。

范天堯開始大笑，直到回到家了還在笑。

我則是整個人很煩躁，「到底要笑多久，有什麼好笑的，你眞的很奇怪耶。」我還是沒有勇氣對范天堯說。

「好想親眼目睹那一幕喔！」他笑著說。

我把藥遞給他，「上面有藥的使用說明，你記得照時間自己換藥，我要回去了。」

「又這麼早？」他說。

「我這幾天都沒睡好，我想早點回去休息。」我說。

「那好吧！妳先回去睡，妳明天再來，我做其他口味的優格給妳喝。」他一臉眞摯地看著我。

我不會來了，從今以後。

眞的不能再這樣放任自己下去了，喜歡得越來越深，已經深到我會慌張的程度，我眞的很怕自己會失控，然後像朱威講的，把劉以珊的事都說出來，讓他們可能結不了婚，甚至是分手。

我眞的不希望自己變成那樣的人。

我拿了包包，連再見也沒有說就離開了。回到家，我撲到床上，閉上眼睛，累得不知不覺地睡去。

一直到老媽進房間不停地打我的臉我才醒過來。

「江雨航，妳快要把我嚇死了，完全叫不醒。妳是睡得多沉？我跟妳爸還在想要不要叫救護車了，妳眞的很誇張耶！現在已經晚上九點多了，妳要睡可以，起來吃點東西再睡！」

老媽走出房間，我坐起身，花了好大的力氣才走出房門口。

「嗨！」一走出來，就看見朱威向我打了個招呼。

「你怎麼來了？」我問。

朱威微微一笑，「我剛才跟朋友去吃飯，經過附近，就過來看看。」然後他小聲地在我耳邊說：「妳後來跟他說那件事了嗎？」

我搖了搖頭。

朱威嘖了一聲，「妳眞的是傻傻的。」

老媽突然從廚房喊著，「江雨航，等等拿妳的身分證給我，妳現在失業，沒有健保給付，我明天剛好要去區公所，順便幫妳辦一下。」

「喔！」我轉身進去房間拿包包出來，卻在我的包包裡看到范天堯的健保卡。啊，中午複診後忘記拿給他了。

朱威看著我手上的健保卡說：「要拿去還他嗎？」

我點點頭。

「那我送妳過去好了，反正我也差不多要走了。」

我覺得很煩，都已經做好思念的心理準備，做好不會再見他的打算，結果又要再見面。不停地說服自己、安慰自己，其實是一件很累的事。

路上剛好經過冰店，我讓朱威等我一下，自己下車買了八寶冰。朱威看著我的舉動，覺得有點奇怪，「這是？」

「我欠他的。」大碗八寶冰。

到了范天堯的公寓樓下，我請朱威等我一下，我拿上去很快就會下來。

在門口，我很自然地按下密碼，走了進去，竟看見范天堯和劉以珊兩個人抱在一起。

范天堯發現我，放開了劉以珊，開心地問著我，「妳怎麼來了？不是說很累要在家休息？」

我努力保持鎮定，「你的健保卡在我這裡。」我遞給他，再把手上的那碗冰也給他，「欠你的大碗八寶冰。」

我看了劉以珊一眼，她對我露出微笑。

「我先回去了。」

「等一下，雨航！」

但是我沒有停下腳步，開了門，按了電梯，搭到一樓後，就往大門外衝出去。直到坐上朱威的車，我才恢復意識。

「怎麼啦？跑得這麼快？」朱威問。

我搖搖頭，「我想趕快回家。」

其實這是最好的結局不是嗎？應該說這是本來就會發生的結局。他們本來就是一對，劉以珊的選擇很清楚了，我應該要爲范天堯感到高興才對，但爲什麼我心裡會這麼酸、這麼酸……

果然，我們都高估了自己。

接下來幾天，我都不知道自己過著什麼樣的日子。白天瘋瘋癲癲和老媽頂嘴，看一整天的電視哈哈大笑，晚上內心會空虛到連哭了都不知道。睡不著的時候，只能拿著毛筆一個字又一個字地寫過，就連自己在整張紙上寫滿了范天堯的名字也沒察覺。

手機一直是關機的，我很怕自己會因爲太想聽他的聲音而失控地打電話給他。

我討厭這樣的自己，卻又無能爲力。

「江雨航，妳睡了嗎？」老媽的聲音在房間門外響起。

我把拿在手裡那本介紹職業的書放到枕頭下，起身去開門。老媽端了一杯茶進來給我，「喝完這個會比較好睡。」

「我很好睡啊！」我逞強。

「喂，江雨航，我是妳媽耶，我是生妳養妳的媽耶，妳放個屁我都可以知道妳昨天吃了什麼，妳還要騙我嗎？」老媽自傲地說。

我笑了笑，喝完那杯茶。

「是誰？」老媽突然這樣問。

「什麼是誰？」我不明白她在問什麼。

「讓妳朝思暮想的那個男人是誰？」

我忍不住笑起來，老媽難得說成語，還用得很對，真的是朝思暮想。我才正要開口，老媽馬上又說：「不要跟我說沒有那個男人！」

果然母女連心。

我嘆了口氣，「媽，是誰都不重要了，人家要結婚了，只是我自己單方面喜歡人家，所以妳不用知道那個人是誰。」

老媽拉著我坐到床上，「很好，失戀了也很好，男人再找就好。老媽什麼都不怕，就怕妳放棄追求幸福。不是兩個人在一起就是幸福，妳如果真的打算單身，那妳就要認爲單身是一件幸福的事。

「媽跟妳說，如果妳走到最後，發現自己一個人過是最快樂的，那媽媽無條件支持妳。可是妳不要沒有努力就直接決定要單身一輩子，這樣妳會後悔的，媽不希望妳那樣。」

我抱住老媽，在她懷裡點了點頭。

「女兒啊，要不妳向外發展看看？可能妳的另外一半不在台灣啊！像媽一樣去旅行，去走一走，搞不好妳在國外很吃香！」老媽拍著我的背說。

我突然想起了朱威上次說的工作機會。

「媽，我想出國去工作。」換個環境，或許可以將想念降到最低。

老媽的表情凝重了起來，「如果妳覺得好，老媽支持妳。」

我點點頭。

於是我開始準備要出國的各項事宜，和未來的老闆也在視訊中談好工作條件及待遇，新老闆 email 過來一些工作內容還有公司資料，給了我兩個星期的預備時間。

我覺得很有挑戰性，也很有趣，每天都很認真地準備，想好好熟悉未來的工作。

「江雨航，那條藍色的毛巾妳要帶去嗎？」

我在房間裡看著資料，「不用，我到上海再買就好了。」

「那要帶大同電鍋去嗎？家裡還有一個新的。」

「不用。」自己一個人住，很難拿捏煮東西的分量，我想我應該不太有機會自己做菜，帶那麼多很麻煩。

「那妳常用的那個保溫杯要帶去嗎？」老媽一直在外面喊。

我只好放下手上的資料，走出房間，「媽，妳可以不要那麼緊張嗎？該準備好的我都準備了，沒有帶的明天到上海再買就好了。」

「不能什麼都在那裡買，用不習慣怎麼辦？」老媽擔心地說。

「不會啦！」沒有什麼好不習慣的，就像我現在已經習慣想念范天堯的感覺。聽老弟說他們這陣子工作室的業務很忙，他們又多請了兩個助理在幫忙。范天堯的手好得差不多了，這幾天還去新加坡出差。

他會很順利的，不管是工作還是愛情，我祝福他。

晚上老媽煮了很多我喜歡的菜，我一直覺得她眼眶紅紅的。我走進廚房幫她，「媽，妳很捨不得我對吧！」

「哪有，恨不得妳快出去。」老媽又口是心非了。

我笑了笑，「我明天就出去了，妳今天再忍耐一下。」

老媽邊炒菜邊叮嚀我，「出門在外，安全第一，就算要發生一夜情什麼的，也要注意安全，有不錯的對象就要把握，知道嗎？」

「知道。」

「妳在家的話，老媽還能看到一些蜘蛛馬跡，還可以適當地安慰妳一下，可是妳出去了，別人沒有老媽這種眼力，妳又是吃了虧都不講的人，媽最擔心這一點，如果受委屈，不管時間多晚，隨時都可以打電話給老媽，知道嗎？」

「知道。」

我從後面抱住老媽，「媽，妳說的我都知道，我知道妳在擔心什麼，我不會讓妳擔心的，相信我，我是妳女兒耶！」

「走開啦！熱死了。」老媽推開我，偷偷地拭了淚。爲了老媽的自尊心，我假裝沒有看到。

我都懂的，感謝老媽把我趕出去，感謝我愛上范天堯，讓我懂了一些事。

這個晚上非常熱鬧，姊姊和姊夫回來了，朱威也來了，連小琪也來了。小琪很開心地送了我一張小 baby 的超音波照。雖然她還是不願意和老弟有什麼互動，但老弟打死不退地跟在她身邊，我相信他們會很好的，因爲愛是不能抗拒的。

我們一群人很開心地吃著飯，對於未來，我有點緊張也有點擔心，但這都沒有關係，我相信我會做得很好的。

門鈴突然響了。

老媽去開門，站在門外的范天堯讓我傻了眼，「江媽媽，妳好。」

老媽熱情地招呼著他，「天堯喔！好久沒見了耶，你出差回來啦！來，我們剛好在吃飯，一起來吃。」

他坐在我的對面，眼神直勾勾地看著我，一直看著我。

從他走進我家，我的眼睛就無法不注視著他的一舉一動。我不知道自己還可以再看到他，以爲已經平行，卻又再一次交集，我很激動，我覺得全身都在顫抖。

「妳的眼睛要凸出來了。」朱威在我耳邊說。

我回過神，收起我的眼神，范天堯看著我和朱威兩個人，我看不清楚他的表情。

「學長，你不是才剛到台灣，怎麼馬上跑來了？」晉航問著。

范天堯從包包裡拿出資料袋遞給江晉航，「晉航，這裡面有些要修改的，明天一早要，你改好程式後再 email 給客戶。」

他說這些話的時候，還是一直看著我。

「江雨航，媽幫妳打包了兩瓶妳喜歡的豆瓣醬，記得要放進行李箱。」我的行李裡除了吃的以外還是吃的。

我點了點頭。

老姊在一旁說：「我也好想去上海，老公，下次帶媽一起去好了。」

姊夫笑著說：「哪個媽？」

「你帶你媽，我帶我媽，然後我們一起去。」

「那我呢？」老爸吃醋地說。

江晉航馬上說：「爸，不如你明天就跟江雨航去上海，反正她要在那裡工作，看你想住多久就住多久。」

范天堯一臉疑惑地問我：「妳要去上海工作？」

我緩緩點了點頭。

他馬上站起身，全家人都被他突然推開椅子的聲音嚇到，大家都靜止了，時間彷彿也靜止了。

然後他走到我旁邊，把我從位置上拉起來，接著對大家說：「不好意思，你們先吃，不用等我們。」

「你幹麼啊？」我不解地問。

他沒有回答我，直接把我拉進我的房間，然後關上門，很生氣地看著我，「妳要去上海爲什麼沒有跟我說？還有，妳手機爲什麼都不開機？」

「我爲什麼要跟你交代？而且你知不知道你現在在幹麼？」我已經無法想像那一群坐在外面吃飯的人受到多大驚嚇了。

「爲什麼妳不用跟我交代？我喜歡妳，妳也喜歡我，妳不用對我們的未來交代嗎？」他說得好順口好自然。

我聽起來卻像個笑話，「你都要跟劉以珊結婚了，還在這裡跟我說你喜歡我，還在這裡跟我說什麼未來，你是瘋了嗎？」

「誰跟妳說我要和以珊結婚了？」

「你書桌上有喜帖啊！還是我拿下去給以珊的。」我說。

「江雨航，晉航說妳很聰明，妳到底哪裡聰明了？那張喜帖上面有寫我跟以珊的名字嗎？是以珊請我幫她看一下有沒有哪裡需要修改的。她是要結婚了，但不是跟我。」

他生氣地舉起手想要打我的頭，但後來忍住了，只輕輕敲了一下。

我則是天旋地轉，覺得自己好像來到另一個世界。

「不是跟你？但你們不是在一起嗎？」我眞的搞不清楚了。

「我跟以珊從小就認識，後來我們試著在一起，可是實在不適合，所以我跟她提分手了。她說分手的事很讓她丟臉，她想準備好了再跟大家說。我答應她了，所以晉航才會一直以爲我們還在一起。」

我整個人蹲在地上，什麼啊！我之前在難過什麼？

「那天妳回家之後以珊來找過我，她跟我說妳也喜歡我的時候，妳知道我有多開心嗎？我要先跟妳說，我跟以珊的擁抱只是一個祝福，我希望她結婚之後過得快樂，她對我來說只是一個很好的朋友，也是妹妹，這個妳不要誤會。」

我誤會的可多了。

「那以珊為什麼不告訴我？我一直叫她要對你好，還訓了她一頓，她都沒有跟我說你們分手了啊！」

「她是故意的，她把妳們遇見的事都告訴我，她覺得妳生氣的樣子很可愛，所以故意不說，要我自己來向妳解釋。但是妳呢？手機不開就算了，眞的狠心讓我自生自滅。再加上工作室最近太多工作，我忙到沒有時間找妳，好不容易從新加坡出差回來，電話我也不想打了，反正都是轉語音，決定直接衝過來堵人，結果我聽到了什麼？聽到妳要去、上、海！」

我沒有見過他這麼生氣。

他蹲到我面前，「妳都沒有發現我很喜歡妳嗎？妳都沒有發現我只要看到妳就會想笑嗎？妳都沒有發現，因為妳，我家開門的密碼改成妳的生日嗎？妳都沒有發現嗎？」

我抬起頭看著他，搖了搖頭。

「我現在想出去先揍江晉航一頓，都是他一直跟我說江雨航很棒、江雨航很聰明、江雨航很獨立，從以前我滿腦子就都是江雨航三個字，真的見到妳之後，我變成滿腦子都是妳。妳告訴我，我現在該怎麼辦？」他眼眶紅紅的，滿臉的委屈。

我看著他的臉，心裡的自責和疼惜滿了出來，我伸出手緊緊地擁抱他。

「我很蠢，江雨航很蠢，你把我當枕頭打吧！」我說。

「捨不得。」他抱著我說。

越想越覺得自己很白痴，簡直是世界級愚蠢。我從他的懷抱中掙脫，站起來直接撲在床上，抓起枕頭開始猛搥，「怎麼會那麼笨啊我！」忍不住又用枕頭狠狠地打自己的頭。

他過來拿掉我手上的枕頭，「江雨航，我嚴重警告妳，下次不要再讓我看到妳搥枕頭，或是用枕頭打自己的頭，會受傷的。」

他把枕頭丟到一旁，把我拉進懷裡，「妳現在有兩種贖罪的方式，第一種就是跟我在一起，第二種就是跟范天堯在一起，讓妳選。」

我忍不住笑了，抬起頭告訴他，「兩種我都選，可是我要去上海工作……」

沒等我說完，他直接吻了我，然後又抱住我，「妳知道嗎？上次我看到朱威這樣吻妳的時候，我也回家猛打枕頭。」

我在他懷裡大笑。

「去吧！妳想做的事我都支持妳，只要妳快樂就好。」他說。

我抬起頭看他，「可是，你自己一個人會很寂寞的。」

他雙手捧住我的臉，「如果妳做的是喜歡的事，我就算自己一個人在台灣，也會因爲妳的快樂而感到幸福。台灣和上海很近啊！真的很想見面的話，搭三個小時飛機就可以見到面了。」

我點了點頭。

「但是爲了要處罰妳，我明天不會去送機，不能讓妳太好過。」他說。

好，什麼處罰我都接受，只要你在我身邊。

早上，老爸和老媽送我去機場，老媽整個人非常開心，笑到都快看不見眼睛了，還心情很好地哼著歌。

「媽，妳難道不應該表現出捨不得的樣子嗎？」

「幹麼要捨不得，眞的捨不得的人都不來送了，還故意跟我說他很今天忙。江晉航明明就說緊急的工作都處理得差不多了。」老媽在笑范天堯。

昨天晚上范天堯沒有回家，我們講了一整夜的話，一直到今天早上我們才踏出房門。老媽開心得好像我結婚了一樣，幫我們兩個做早餐，看著我們兩個吃早餐，一臉欣慰的樣子。

「江雨航，老媽眞的覺得我這輩子做得最對的事，就是把你們趕出去。早知道趕出去會讓妳姊變得懂事，讓妳遇到范天堯，連江晉航都變穩重的話，我應該從小就把你們都趕出去。」

「如果是這樣，妳會被抓去關的。」我笑著說。

「我心甘情願。」老媽哼著歌回答我。

到了機場，老爸老媽還是紅了眼眶。向他們道別後，我入關走到候機室，打了電話給范天堯，過了很久他才接起來。

「你剛剛在擦眼淚所以來不及接電話嗎？」我問。

他在電話那頭大笑出聲，「怎麼可能，我開心得要死，女朋友不在，我多自由自在啊！」少在那裡騙我。

「眞的嗎？那你叫江晉航聽，我問他。」

他馬上惱羞成怒，「對啦！但我不是擦眼淚，我只是平復情緒。」

「你老實說，不來送我，是不是因爲捨不得。」我說。

「嗯，很捨不得，我現在就在後悔了，我不應該答應讓妳去上海的，我現在就開始在想妳了，我早上應該把妳的護照藏起來才對……」

他碎唸的功力眞是很強，應該找一天讓他和老媽比賽看看。

「范天堯，你知道嗎？我現在能夠這麼勇敢地決定去上海，是因爲你告訴過我，沒有堅持過，就不要說自己委屈。我很想知道自己能夠堅持到什麼地步。因爲你的激勵，我覺得我可以，就算你現在不在我身邊，我也覺得我可以。」我說。

「妳打算逼哭我嗎？」

「你不是早就哭了嗎？」我笑著說。

「江雨航，妳知道嗎？我現在能夠放心讓妳去上海，是因爲我知道妳變勇敢了，妳開始願意追求，願意嘗試，我不怕妳會受傷，因爲我知道妳可以做得很好。」

「你現在打算逼哭我嗎？」

「那妳哭了嗎？」他笑著說。

「沒哭，因爲我以後只會哭給你看。」我說。

「也好，不然妳哭太醜了。」

我們兩個在電話裡大笑，雖然剛開始，但我們有了共同的約定。

我不知道和范天堯以後會怎麼樣，但是我知道我不會再因爲害怕去愛而想孤單一輩子，我不會再因爲害怕失去而不願意擁有。

愛這條路很長很遠，我會帶上我的勇氣，繼續努力。

【全文完】

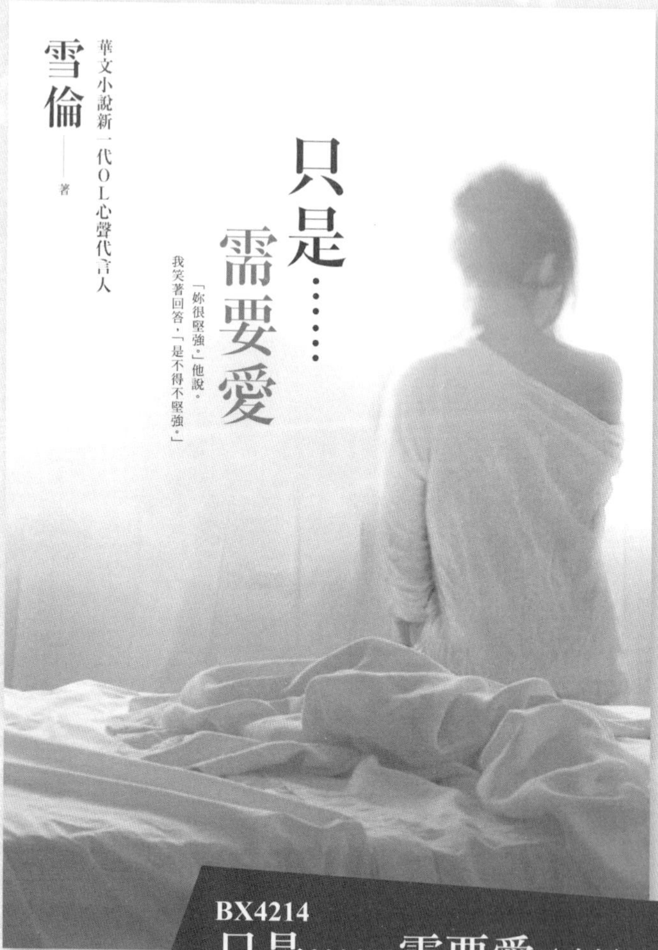

BX4214

只是……需要愛 / 定價200元

「像妳這麼獨立的女人，根本不需要戀愛。

戀愛啊，是給需要被照顧的女人擁有的。」

生活中的種種，總讓人如此受傷，

於是我們隱藏脆弱，說服自己「要堅強」。

堅強得太久了，久到忘了內心最初也曾渴望，

渴望一個溫暖的懷抱，能讓我們安心地釋放悲傷。

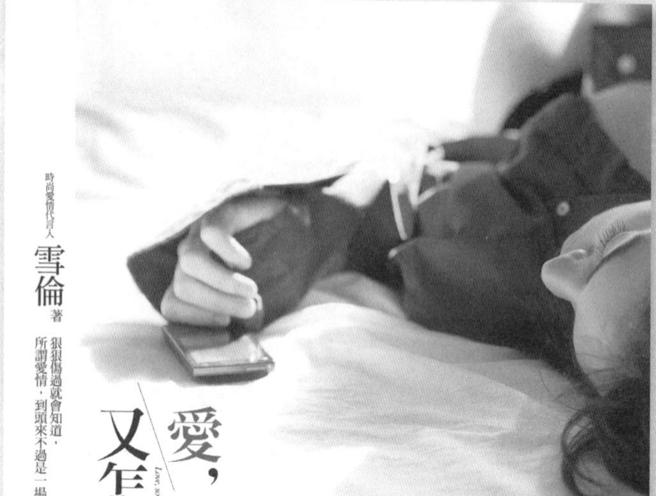
時尚愛情代言人
雪倫 著
狠狠傷過就會知道，
所謂愛情，到頭來不過是一場空，不必看得那麼重。
愛，又怎樣？
Love, so what?

BX4195

愛，又怎樣？ / 定價200元

狠狠傷過就會知道，所謂愛情，
到頭來不過是一場空，不必看得那麼重。

一張床、一台電視、一個衣櫃、一張星球椅。
我的世界，只保留最低限度必要的一切，
連回憶都不需要擁有。
一個人生活，最多，也就負擔一人份的寂寞。

BX4186

這一刻，寂寞走了。/ 定價200元

「愛自己」是必要的，
被關心的溫暖卻不是自己能夠給自己的。

獨處的日子，時間似乎格外地難熬，
生活被孤單拉扯，心飄盪著，找不到落腳的地方。
我也盼望著愛情的到來，只是，我再也不知道自己還適不適合愛。

國家圖書館出版品預行編目資料

只好一個人／雪倫著. -- 初版. -- 臺北市；商周，城邦文化出版；家庭傳媒城邦分公司發行，民102.12
面 ； 公分. --（網路小說；225）

ISBN 978-986-272-489-7（平裝）

857.7 102021981

只好一個人

作　　　者／雪倫
企畫選書人／楊如玉、陳思帆
責 任 編 輯／陳思帆

版　　　權／翁靜如
行 銷 業 務／李衍逸
總　編　輯／楊如玉
總　經　理／彭之琬
發　行　人／何飛鵬
法 律 顧 問／台英國際商務法律事務所　羅明通律師
出　　　版／商周出版
台北市中山區民生東路二段 141 號 9 樓
電話：(02) 2500-7008　傳眞：(02) 2500-7759
blog：http://bwp25007008.pixnet.net/blog
email：bwp.service@cite.com.tw
發　　　行／英屬蓋曼群島商家庭傳媒股份有限公司城邦分公司
聯絡地址：台北市中山區民生東路二段 141 號 11 樓
書虫客服服務專線：(02) 25007718・(02) 25007719
24小時傳眞服務：(02) 25001990・(02) 25001991
服務時間：週一至週五09:30-12:00・13:30-17:00
郵撥帳號：19863813　戶名：書虫股份有限公司
讀者服務信箱 email：service@readingclub.com.tw
城邦讀書花園網址：www.cite.com.tw
香港發行所／城邦（香港）出版集團有限公司
地址：香港灣仔駱克道 193 號東超商業中心 1 樓
email：hkcite@biznetvigator.com
電話：(852)25086231　傳眞：(852) 25789337
馬新發行所／城邦（馬新）出版集團 Cité(M)Sdn. Bhd.
41, Jalan Radin Anum, Bandar Baru Sri Petaling,
57000 Kuala Lumpur, Malaysia.
電話：(603) 90578822　傳眞：(603) 90576622
email:cite@cite.com.my

版 型 設 計／小題大作
封 面 設 計／黃聖文
電 腦 排 版／浩瀚電腦排版股份有限公司
印　　　刷／高典印刷有限公司
總　經　銷／高見文化行銷股份有限公司
電話：(02)2668-9005　傳眞：(02)2668-9790
客服專線：0800-055-365

■ 2013 年（民 102）12月3日初版
■ 2021 年（民 110）4月14日初版5.3刷

Printed in Taiwan

定價／200元

ISBN　978-986-272-489-7

城邦讀書花園
www.cite.com.tw

商周出版

廣 告 回
北區郵政管理登記
台北廣字第000791
郵資已付，免貼郵

104台北市民生東路二段 141 號 2 樓

英屬蓋曼群島商家庭傳媒股份有限公司　城邦分公

請沿虛線對摺，謝謝！

商周出版

書號：BX4225	書名：只好一個人	編碼：

請於此處用膠水黏貼

商周出版

讀者回函卡

謝謝您購買我們出版的書籍！請費心填寫此回函卡，我們將不定期寄上城邦集團最新的出版訊息。

不定期好禮相贈！
立即加入：商周出版
Facebook 粉絲團

生名：＿＿＿＿＿＿＿＿ 性別：□男 □女

生日：西元＿＿＿＿年＿＿＿＿月＿＿＿＿日

地址：＿＿＿＿＿＿＿＿

聯絡電話：＿＿＿＿＿＿＿＿ 傳真：＿＿＿＿＿＿＿＿

-mail：＿＿＿＿＿＿＿＿

學歷：□1.小學 □2.國中 □3.高中 □4.大專 □5.研究所以上

職業：□1.學生 □2.軍公教 □3.服務 □4.金融 □5.製造 □6.資訊
□7.傳播 □8.自由業 □9.農漁牧 □10.家管 □11.退休
□12.其他＿＿＿＿＿＿＿＿

您從何種方式得知本書消息？
□1.書店 □2.網路 □3.報紙 □4.雜誌 □5.廣播 □6.電視
□7.親友推薦 □8.其他＿＿＿＿＿＿＿＿

您通常以何種方式購書？
□1.書店 □2.網路 □3.傳真訂購 □4.郵局劃撥 □5.其他＿＿＿＿

您喜歡閱讀哪些類別的書籍？
□1.財經商業 □2.自然科學 □3.歷史 □4.法律 □5.文學
□6.休閒旅遊 □7.小說 □8.人物傳記 □9.生活、勵志 □10.其他

我們的建議：＿＿＿＿＿＿＿＿

請於此處用膠水黏貼